おいしい観覧車

パリ発、設楽町行き

Kaoru Minesaka
峯坂　馨

風媒社

はじめに

子どものころから、本を読むことと作文を書くことが何より好きでした。そして、四十代になってエッセイ教室に通うようになり、そろそろ十年になります。

やっと、十年間の思いのたけを一冊の本にまとめることができました。

夫の赴任先であるパリでの暮らし、生まれ育った設楽町の話…。どこにいてもエッセイの種は尽きません。何気ない日常のワンシーンに「あれ、これ何?」と好奇心を持った瞬間からエッセイは始ります。

この本を読んで下さって「エッセイって面白いなあ」と思っていただけたら幸いです。

目次

秋

冬

夏

秋

冬

パリ発

春

printemps

パリ暮らし始まる

二〇〇五年の春から、夫はパリに駐在員として赴任することになった。任期は五年である。大学生になっていた二人の子どもと年老いた親が気がかりで、私は日本とパリを行ったり来たりすることにした。

赴任が決まってからの一年間、夫は名古屋のフランス語教室に通った。年に数回の海外出張の経験はあっても、駐在は初めてである。パリ支社には、日本人は夫だけらしい。二〇〇人ほどの部下は全員フランス人だという。果たして、夫のカタコトのフランス語はパリジャンに通用するだろうか。

「はい、股引《ももひき》持って行きゃあ」。夫の両親も息子の身が心配らしく、あれこれ着る物を用意してくれた。パリは札幌より緯度が高く、冬は氷点下になる日も多い。

一番心配だったのは、やはり食事である。アフリカの奥地や南米の未開の地へ行くわけではないにしても、日本と同じような食生活はおくれないはず。取りあえず、米はスペイン米が安価に手に入ると聞いて安心した。早速、名古屋港近くにある専門店でヨーロッパ仕様の炊飯器を買った。ご飯さえあれば何とかなる。

あれこれ準備を進めていたある日、私も研修に参加しなければならなくなった。「海外駐在員の妻としての心得」講座だという。何だか仰々しい。大手航空会社が主催しており、様々な会社から、奥さんたちが参加するらしい。プログラムには、お昼はフレンチのコースが食べられると書いてある。それを目当てに、会場であるホテルへ出かけた。

「皆様ごきげんよう」。よく通るソプラノと共に、本日の講師が壇上に現れた。シャネルのスーツが眩《まぶ》しい。かけている眼鏡の縁がキラキラしている。ダイヤモンドか螺鈿《らでん》であろうか。たちまち彼女のキャラクターの濃さに魅了(?)されてしまった。

プロフィールによると、彼女は、高度経済成長期に商社マンの妻として海外を転々としたとある。高度経済成長期といえば昭和四〇年代である。深田祐介の『炎熱商人』を思い出す。私のような若輩者とは肝っ玉が違う。

数々の苦労話に始まり、外交官の持てなし方や、ホームパーティーにおけるホストのあり方……など大変盛りだくさんの内容に圧倒されてしまった。楽しみにしていたフレンチのコースも正しいマナーを学ぶ研修の一環であった。「駐在員の妻って大変なんだあ」。

研修の最後に、講師のソプラノが一段と響いた。「皆様、昔も今も大切なことはただ一つです。日本人として決して恥ずかしい振る舞いをしないことです。よろしいですね」。私は思わず大きな声で「はい」と返事をしそうになった。肝に銘じておこう。

数カ月後、夫はパリに赴任していった。留守を守りながら、時々彼の様子も見に行こう。パリと日本の二重暮らしを、夫と二人で乗り越えていかなければと心に誓った。

春のいたずら

くしゃみが止まらない。ちょっと前から、鼻の奥がツンとしてムズムズする。夫も同じようにくしゃみの回数が増えたようだ。日本では、杉の花粉にも桧《ヒノキ》の花粉にも負けない丈夫な鼻なのに。犯人はいったい誰？

仕方がない。メンソレータムを綿棒にちょっとつけ、鼻の中にちょんちょんと塗る。「メンソレータムと白色ワセリンは持ってかなあかんに」。そう母に毎回念を押され、夫の駐在先であるパリに出かける。今回も言いつけを守って正解だった。ちなみに、白色ワセリンはパリの乾燥した空気から肌を守ってくれる。

鼻の中でメンソレータムをスースーさせながら、ルイ・ヴィトンのシャンゼリゼ本店で春の新作バッグを見学した。今日も多くの買い物客で賑わっている。あれも素敵、これも素敵と見惚《みと》れていると、隣で紳士が「クチン、クチン」とかみ殺したようなくしゃみを繰り返している。そして、おもむろにハンカチを出して「チーン」と盛大に鼻をかんだ。その堂々としたかみっぷりにびっくりする。「マロニエのいたずらだよ」。紳士はウインクをして颯爽と立ち去っていった。

そうか、犯人はマロニエの花粉だったのか。

とうとう、花粉症になってしまった。しかも、花の都パリで。

パリの街路樹のほとんどを占めるマロニエは、栃の木の一種である。五月ごろ、白い花を咲かせ、コックリとした甘い香りを放つ。その姿は神楽鈴を思わせ、春本番を知らせてくれる。そして六月になると、白いタンポポのような綿毛をフワフワと飛ばし始める。カフェのオープンテラスでは、この綿毛をよけながらカフェオレを飲まなくてはならない。

犯人はわかったけれど、パリジャンのようになかなか人前で鼻はかめない。紳士も、マダムも、マドマアゼルも、さっとハンカチを出して思い切りよく鼻をかむ。それができず、ズズーッとうっかり吸い上げてしまうと大変である。一斉に振り向かれにらまれてしまう。「まあ、エチケット知らずね。きっとジャポネよ」と言わんばかりに。それほどに、お行儀の悪い行為なのだ。

もう少し鼻が高ければ、私だっていくらでも格好良く鼻をかんでみせる。シャンゼリゼ大通りであろうとセーヌ川の畔であろうと。

もう一つ、できないことがある。通りを歩きながらものを食べることである。長いバゲットをかじりながら、サンドイッチにぱくつきながら、パリジャンたちは平気で歩く。格好良いと思う前に、「お行儀悪いなあ」と思ってしまう。私の母だったら、「ちゃんと座って食べなさい」と叱り飛ばすに違いない。

それぞれのマナーの違いを受け入れて、パリの生活を楽しもう。綿毛が舞い散るマロニエの足下で、さっとハンカチを出して思いっきり鼻をかんでみるか。

凱旋門の屋上で

シャンゼリゼ大通りが、まっすぐ正面にのびている。凱旋門に上って、三六〇度に広がるパリの街の十二本の通りを見渡した。

四月のパリは、アーモンドの花が散り、通りの桜が咲き始める。ソメイヨシノより、八重桜をよく見かける。赤紫のリラやマロニエの白い花も、初夏を目指してつぼみを付け始める。パリは色とりどりの花の季節を迎えるけれど、そろそろ日本に帰ることにしよう。その前に、換気扇をきれいにしておこうか。

単身赴任中の夫のもとから帰る時、また、日本から夫のもとへ出かける時、私にはちょっとした決まり事がある。

それは、家事を少しだけやり残しておくのだ。日本を、年に数回一カ月くらいずつ留守にすることもあるので、出発直前はいつもより念入りに掃除機をかける。そして、留守と悟られないように、庭の草取りも大まじめに頑張る。そんな中、二階の夫の書斎は掃除機をかけない。門からは見えない西側にある南天のぐるりも、雑草を生え放題にしておく。無事に帰国してからの宿題のつもりで。

昔、大正生まれの祖母が母や私によく言っていたのだ。「あんまりきれいに片付けて出かけると、まあ二度と帰って来んのかしらんって、家が思い違いするでのん」と。「立つ鳥、後をちょっとだけ濁していけよ、きれいにするために無事に帰って来られるように」ということらしい。「ふん、おばあさんは掃除がきらいだでだわ」と、嫁である母は陰で反論していた。しかし、私は妙に納得してしまい、未だにこの言いつけを守っている。

ときに、実直な母を煙に巻いていたかのような祖母のことを、明治生まれの祖父は、映画『また逢う日まで』の主演女優久我美子に似ていると言っていた。その横顔にポーッとなって結婚したそうだ。けれど、体の弱い人で、あまり立ち働いている姿を見たことがなかった。気分の良い日は、縁側でよく短歌を詠んでは、幼い私に聞かせてくれた。

ある日、祖母と茶の間でいつものようにテレビを見ていた。美人女優吉永小百合がずいぶん年上の人と結婚したというニュースが流れた。すると、祖母は言ったのである。「年の離れた男の体は冷たいで、いつまでもつや知らん」と。それを聞きつけた母が、夕御飯の支度をしていた奥のお勝手から飛び出してきた。「おばあさん、子どもにおかしなこと言わんどくれん」とかんかんに怒りながら。しかし、私は訳もわからず再び納得してしまった。「冷たいのは嫌だな」。そして、十年後、一歳しか違わない夫と結婚した。

何十年も前に言われた祖母の何気ない一言が、ずっと私の中に生きている。そして、何かの拍子にひょっこりと、表に顔を出す。

やはり、パリの家の換気扇は洗わずに帰ろう。秋に戻った時に、ピカピカにすればよい。私は凱旋門の屋上でそっとつぶやいた。

ユーロの憂鬱

新春早々、ユーロが最安値を更新した。ここ数年は安定していたが、とうとう百円を切って一ユーロ九七円だという。

最も高い時で一ユーロ一七〇円の円高ユーロ安だったのだから嘘のようだ。ギリシャやイタリアはデフォルトになりそうで、いずれはソブリン・ショックになるかもしれないと、新聞が警告している。「デフォルト」とは債務不履行のこと、「ソブリン・ショック」とは国が債権保証を果たせず経済的混乱を与えることを意味する。つまり、国家が借金を踏み倒し、市場から夜逃げするようなものである。数年前から、国より市場の影響力が強い感じがする。金融至上主義で世界が回っている。

あっと言う間に、パリにある貯金が約半分になってしまった。夫が駐在員になった時、ユーロ貯金を始めたのだ。仮に一万ユーロの貯金として、一七〇万円が九七万円にガックリ減ってしまったことになる。どうしよう。

思えば、パリで銀行口座を開いた時は面食らうことが多かった。夫は赴任したばかりだったので、まずマンションを借りなければならない。不動産業者は、パリの銀行口座がなければ貸さないという。かたや銀行で口座を開こうとすると、パリの住民票がなければだめだという。どうしろというのだ。双方、主張を全く譲らず埒《らち》があかない。

結局、前任者に頼み込んで日本に帰国するまでの交代期間、同居という形で住民票登録を申請した。銀行に口座を開き、マンションを借り、改めて住所変更を申請した。年々、外国人に対する書類手続きは厳しくなっているという。移民が増え続けているからだろう。

さて、フランスには日本のような預金通帳はない。ひと月ごとに明細表が送られてくるだけ。不明瞭な点を問い合わせても、なかなか取り合ってくれない。また、銀行の入り口は、オートロックになっていて一人しか入れてくれない。窓口は一カ所で、行員の手先しか見えない。そのセキュリティの厳しさに驚く。よっぽど銀行強盗が多いのか。日本の銀行の様子を思い出し、治安の良さを誇りに思った。

パリでは、スーパーのレジで長い時間待たされることがある。セレブなお年寄りの多くが、トマトやキャベツを買うのに小切手を切るからだ。日本では見たことのない光景だ。銀行口座を持っていることが、日本よりはるかに社会的信用を得られるらしく、個人名義の小切手が使用できるのだ。

それにしても、私たちのユーロ貯金はどうなってしまうのだろう。将来、年金も満足にもらえないかもしれないのに。パリの貯金はパリで使ってしまうのが一番の解決策かもしれない。円で考えても空しい……。

難解な専門用語に振り回されながら、今日も新聞の経済面に目を凝らし、ユーロの行く末を憂いている。

（二〇一二年　春）

サンドイッチはパリで

パリ一六区にあるマルモッタン美術館でモネの絵をゆっくり見た帰りに、「パティスリー・ヤマザキ」に寄った。山崎パンのパリ店である。ここでは、フカフカの日本のサンドイッチが食べられる。値段は日本の約三倍と高目である。

パリのサンドイッチは、タルティーヌといってバゲットに切れ目を入れて具を挟む。日本のようにスーパーやパン屋さんで売っている。バゲットや具を選ぶとお好みで作ってくれる専門店もある。パリの人たちは、歩きながらガブッ、セーヌ川に架かる橋にもたれかかってガブッと食べる。なんとも様になっている。モッツァレラ・チーズと生ハムを挟んだタルティーヌはワインにもよく合う。

タルティーヌはおいしいのだが、手強い。バゲットは硬く、ちょっと大きい。大口を開けて食べないと食べきれない。歯が弱い私は細かく刻んで食べていた。パリの人たちのように歩きながらガブッというわけにいかない。「あ〜あ、日本のサンドイッチが食べたい」という思いが通じたのか、パティスリー・ヤマザキを見つけた時はうれしかった。

お店のある一六区は、瀟洒《しょうしゃ》な邸宅が建ち並びカトリーヌ・ドヌーブやジャンヌ・モローが行き交っていそうな街である。比較的治安もいいせいか、夜でも女性の一人歩きができ、日本人駐在員も多く暮らしている。ほとんどの駐在員は、アパルトマンの家賃を会社に負担してもらっている。夫と私も、家賃を会社に負担してもらいながら、お隣の一五区で駐在生活を送っていた。

今日もお店の奥のレストランスペースでは、身振り手振りも賑やかに、地元のマダムがおしゃべりに花を咲かせている。彼女たちの話し声は、フランス語の苦手な私には心地良い音楽となって聞こえてくる。オーダーしたレタスと卵とハムのサンドイッチには、ナイフとフォークが添えられている。三角形の対角線上にナイフをいれ口に運ぶと、フカフカのパンが歯にやさしい。なんて食べやすい。食パンのクオリティの高さに思わず唸ってしまう。日本式の食パンは、日本の食料品を扱うお店に行かないと手に入らない。

ガラスケースには、いちごのショートケーキも並んでいる。パリではフワフワのスポンジを使ったお菓子をあまり見かけない。少し歯応えのあるお菓子のほうが人気なのだろうか。日本人よりフランス人のほうが歯が丈夫だとか？　いちごのショートケーキは、どうやら日本発祥らしい。こちらも人気のようで次々に売れていく。子どものころから食べ慣れている「不二家」のショートケーキとどちらがおいしいだろう。

日本式のサンドイッチもショートケーキも、パリで愛されている。熱々のカフェオレを飲みながら、気持ちまでホカホカしてきた。いちごのショートケーキを二個買って帰ろう。今晩の夫と私の夕食のデザートである。

夏

été

愛しのフランス5

夏のある日、エッフェル塔の足下に広がるマルス広場で「銃士戦隊フランス５」を見かけた。

噂には聞いていたが、本当にいたのか。フェンシングのポーズを決めたり、飛んだり跳ねたりしている。「フランス5」とはインターネットで放送されているインディーズ（自主制作）の番組にでてくるヒーロー。日本の戦隊モノにそっくりだが、手足が長く、スタイルが良い。もちろん台詞はフランス語だ。幸運にも、次回作の撮影真っ只中に出くわしたようだ。しまったなあ、カメラを持ってくれば良かった。

「フランス5」は、パリを本拠地として悪と戦っている。宇宙からの侵略者レクソス帝国は、地球を征服しようとしている。しかし、地球を守るためにエッフェル塔が立ち上がった。強力な光線を放ち、簡単に攻撃できないようにしたのだ。そのため、レクソス帝国は、何としてもエッフェル塔を破壊しようと、次から次へと攻撃を仕掛けてくるのである。

どう考えても、昔懐かしい「ゴレンジャー」のフランス版である。なんでも、日本のいろいろな戦隊モノに感銘を受けたフランス人テレビマンが、有志を募ってインディーズとしてスタートさせたらしい。今では根強いファンを獲得したようで、ネットで定期的に放映されているそうだ。

ちなみにメンバーは、レッド・フロマージュ、ブラック・ボジョレー、ブルー・アコーディオン、イエロー・バゲット、紅一点のピンク・ア・ラ・モード（ピンクのスカートをはいている）である。

今、フランスには、日本の戦隊モノやアニメ、漫画の熱狂的なファンが多い。ちょっと前までは「ドラゴンボール」が圧倒的人気だったが、ここ数年は「ワンピース」と「NARUTO」が人気を二分している。それぞれの総発行部数は日本といい勝負だというから驚く。大手の本屋さんには、必ず日本語で「漫画コーナー」とあり、「男子」「女子」と、ちゃんと分類されている。その前で、翻訳された漫画を、大人も子どもも貪るようにして立ち読みをしている。少しばかりお行儀が悪くても、誰も気にしない。何がそんなに彼らの心をわしづかみにするのだろう?

それは、緻密で繊細な線や、映画を凌ぐほどの場面展開といった技術面だけではないような気がする。戦隊モノや「ワンピース」が紡ぐ友情とチームワーク、「NARUTO」が描く親子の絆などに感動してくれているのではないか。同じ感動を分かち合うことができれば、日本人とフランス人はずーっと友達でいられると思う。

パリ・プラージュの夏

夏のパリは、街中がバカンスに入ってしまう。ところが、バカンスに行けなかったり行かなかったりするパリジャンもいる。そんなパリジャンたちのために、一カ月間だけセーヌ川右岸にビーチがやってくる。それがパリ・プラージュ（パリ・ビーチ）だ。

初めて聞いた時は驚いた。パリのビーチ？　パリのど真ん中の人工ビーチで海水浴気分なんかに浸れるかしら。だいたいセーヌ川は汚くて泳げないのに。

夫と私は、半信半疑で見学に出かけた。すると、いつも夫が車で通勤している道路は通行止めにされ、白い砂が遠くまで敷き詰められていた。スカイブルーのビーチ・パラソルの花が満開となり、水着姿の男女が、びっしり並ぶデッキチエアに長々と寝そべっている。なんと、女性の多くはトップレスだ！　私は思わず息をのみ、ついでに夫の横顔をまじまじと見つめてしまった。「さすがフランス人だ。とことん楽しんどる！」と、夫は妙に感心していた。

このプロジェクトは二〇〇一年から始まり、私たちが暮らし始めた二〇〇五年には、すっかり定着していた。二〇〇〇トンにも及ぶ砂をフランス各地の海岸から運び込み、パリに一夏限りのプラージュを出現させる。フランス人はしゃれたイベントを考え出す天才だ。

ニースの海岸をそぞろ歩くようなつもりで、青い空の下、大きなヤシの並木道を歩いた。一本一本が一抱えはありそうな植木鉢に植えられている。いたる所から霧のシャワーが吹き出していて、子どもたちが大はしゃぎだ。水道水を利用した二五メートルほどの仮設プールもあって、子どもたちで芋洗い状態になっている。

はじけるような笑い声を聞き、日本で留守番をしている息子と娘の小さかったころを思い出した。家族で内海《うつみ》海岸へ海水浴に行ったのはずいぶん昔になってしまった。大人になった二人と一緒に、パリ・プラージュを歩いてみたい。どんな顔をするだろう。

ふと見ると、マダムたちの長い列ができていた。全身マッサージのコーナーだ。トップレスのまま、何の目隠しもなく悠々とサービスを受けている。よっぽどバストラインに自信があるのか、やせもぽっちゃりさんも、老いも若きもトップレスを楽しんでいる風情なのだ。つくづくうらやましい。傍目《はため》を気にせず、自分の思うがままに行動するなんて。

パリの夏は、なかなか陽が暮れない。プラージュも十一時くらいまでオープンしている。今夜はここで夕食にしよう。パリ版「海の家」で生ビールを注文しよう。

「私、次は水着でこようかしら」「いかん、みっともない」「トップレスやないに」

「いかんいかん、日本の恥だ」と夫。

私たちは、対岸のコンシェルジュリー（マリー・アントワネットが最後をすごした牢獄）を眺めながら、しばらく笑いあった。

B《ベー》・H《アッシュ》・V《ヴェー》デパートにて

月曜日の朝、金環日食を見上げた。曇り空ではあったが、くっきりと金色のリングが浮かび上がった。

「すごいなあ、パリにおったら見れなんだなあ」。夫は感動しきりである。この日のために、パリのB・H・Vデパートで買ったお揃いのサングラスを用意していたのだが、それでは目を痛めるらしいと知り、専用の鑑賞グラスを通して見た。

実は、私はパリで「雪目」になってしまった。五月、初めて出かけたヴェルサイユ宮殿で、庭園の白い砂とバラに見とれるあまり、目を急激に酷使したらしい。フランスは湿気が少なく、日本より紫外線が強い。慌てた夫は、「サングラスを買わないかなんだなあ」と、心配そうにチカチカしている私の目を覗き込んだ。

早速、パリ市庁舎前のＢ・Ｈ・Ｖデパートにサングラスを買いに出かけた。このデパートには、日曜大工用品や調理器具、雑貨類が手頃な値段で揃っている。日本の東急ハンズに似ていて親しみやすい。感じの良い男性の店員さんが、一緒になって私たちに似合うサングラスを探してくれた。

「『シャレード』のオードリー・ヘップバーンみたいでしょ」とおどける私に、「オードリー・ヘップバーンみたいじゃない」と夫はきっぱり否定した。店員さんもクスクス笑っている。ことばは違ってもニュアンスは万国共通なのだろう。それにしてもハンサムな店員さんが多い。

結局、薦められるまま無難なタイプをお揃いで買った。そして、その日から、パリの乾燥した日射しを浴びながら、街中を歩き回る私の心強い相棒になってくれた。

その後も、Ｂ・Ｈ・Ｖには何かと買い物に出かけた。うっかり日本で買い忘れた日本茶用の目の細かい茶こしも探しに行った。身振り手振りで「チャイナタウンになら売ってますよ」と教えてくれた。ハンサムで物腰が丁寧な店員さんと、カタコトのフランス語でおしゃべりできるのもちょっとうれしかった。「やっとパリで行きつけのお店を見つけたわ、なんて素敵！」と、思ったのだけれど……。

「峯坂さん、知らないの？　Ｂ・Ｈ・Ｖの店員はみんなゲイなのよ」。パリの友人が教えてくれたのは、駐在生活も慣れたころだった。衝撃的だったが、同じくらい納得もした。彼らが独特の柔らかい雰囲気に包まれていたのは、そのせいだったのか。口コミで評判が広がり、いつの間にかそういうことになっていったらしい。そう言えば、私よりも夫により一層愛想が良かったような気がする。

やはりフランスは大人の国なのである。そしてパリは日本より相当懐が深いのだろう。今や同性婚も認める勢いだ。しかし、Ｂ・Ｈ・Ｖはずっと私のお気に入りのままだ。だって、本当にパリが好きだから。

バガテル公園でお花見を

ブーローニュの森にあるバガテル公園は、季節を通していろいろな花が楽しめる。特に、初夏のバラが素晴らしく、多くの品種や世界各国のバラが次々に咲き競う。六月下旬には国際コンクールも開かれるそうだ。

五月から六月にかけてのパリは、日ごとに軽やかになっていく。寒い冬がやっと終わり、みんな黒い革ジャンやロングコートを脱いで、装いがカラフルだ。薄着になったマドマアゼルが華やかに行き交う。私も、淡いピンクのブラウスに白い麻のストールを羽織って夫とバガテル公園へお花見に出かけた。

子どもたちが小さかったころ、週末は家の近くの公園によく遊びに行っていた。お弁当を持って、一日中すごしたものだ。そんな時、私は汚れてもいいように、黒っぽいトレーナーや黒いTシャツをよく着て行った。これなら思う存分お兄ちゃんと相撲をとれる。娘を追いかけて小川にはまっても大丈夫だ。しかし、そのファッションセンスは子どもたちが大きくなっても進歩しなかった。黒い洋服を格好良いと思っていたのかもしれない。

ある日、お兄ちゃんの小学校の授業参観に、黒いニットのアンサンブルに千鳥格子のスカートをはいて出かけた時のことだった。帰ってきたお兄ちゃんは、なんとなくしょげていた。そして、「黒い服はいやだ。お葬式みたいだからやめてよ」と、きっぱり言われてしまった。私は、無償に愛おしくなって、ぎゅーっと抱きしめた。「何するんだ、放せ、放せ」と彼が暴れだすまでずっと。

確かに、黒はあまりハッピーな色とは言えない。悪魔も魔女もドラキュラも、昔からユニフォームは黒が多い。黒バラや黒ユリとは言うけれど、実際は深い紫色で黒いわけではない。黒い洋服ばかり着ていると、疫病神や貧乏神に気に入られてしまうかもしれない。

あれから二十年、私は葬儀や法事以外で黒い色をほとんど着なかった。今でも、うっかり黒の配分が多い着こなしをすると、「なんでそんな格好しとるの？」とお兄ちゃんと娘からクレームがでる。なかなか厳しいのだ。

私の座右の銘は「子どもの意見は断然大切にする」なのである。

さて、バガテル公園はバラの花見客で大にぎわいだった。赤やピンクの様々なバラが見事に満開になっており、アーチや大きな柱を象《かたど》っている。アイリスやつつじ、藤もまだ咲いていて、桃源郷に迷い込んだようだ。私たちは、花々の香りに包まれて、お弁当を広げた。今日は夫のリクエストに応えて、フランス風サンドイッチではなく、パリっとした海苔で包んだ梅干しのおにぎりと甘い出汁巻《だしま》き卵にした。するると、彼はとてもうれしそうに、あっという間にペロりとたいらげた。

私はふと反省した。これからは、子どもの意見だけでなく夫の意見も大切にしよう。こんなに喜ぶ顔を見られるのだから。

鏡とにらめっこ

朝起きて鏡を見たら、両目の下にスーッと線が入っていた。一晩でしわができたかと慌てた。そう言えば、昨夜はのどが痛くてマスクをして寝たのだった。マスクの跡がこんなにくっきり付くとは。このまましわになったらどうしよう。

冬になると、ファンデーションを塗っていても顔が乾燥するようになってきた。若いころは、化粧水だけで充分潤っていたのが夢のようだ。高校生のころは、母の手作りのへちま水を、ビシャビシャ顔にはたいて登校したものだ。友達の間では、洗顔用の「うぐいすのふん」が流行っていた。今も販売されているのだろうか。

化粧品の好みは人それぞれだ。あれこれ使ってみて、やっとこの十年ほど肌の調子が良い。洗顔は、泡になって出てくるタイプが気にいっている。フワフワしていて気持ちがいい。そして、化粧水、美容液、クリームと塗っていく。最後に、これらの効き目が逃げないようにジェルを塗る。顔に蓋をするイメージだろうか。週に一回のパックも欠かせない。

鏡の前は、買いためた化粧品のボトルでキラキラしていてなかなか賑やかである。夫には内緒だが、金額もなかなか賑やかなのである。どれほどの効果があるのかわからないが、吹き出物や肌荒れに悩まされることは少なくなったような気がしている。

いろいろな基礎化粧品に興味を持ったのは、パリに暮らすようになったときからである。国によって肌のお手入れがずいぶん違うことを知って新鮮だった。

パリの女性は、水で顔を洗わない人が多い。フランスの水はミネラル分の多い硬水のため、肌が傷むからだそうだ。クレンジング用のクリームで拭き取るのが一般的らしいが、なかなか馴染めなかった。同じ理由で、髪も毎日洗わない人が多い。毎日洗うと、硬水で髪がパサパサになるからだ。これは私も実感した。髪が少し赤茶けたようになってしまったのには困った。

さらに困ったのは、日本から持っていった化粧水を切らしてしまったときだ。お店で探しても化粧水の種類が少ない。それに反してクリームの種類は驚くほど豊富だ。パリのマダムたちは、化粧水をあまり使わないらしい。日本よりはるかに乾燥しているせいか、最初からクリームをしっかり塗る。確かに、雨の日でも室内干しの洗濯物がパリパリに乾く。化粧水では追いつかないというわけだ。

ちなみに、美白効果やしみ予防の化粧品はほとんど見かけない。日本人のようにしみを気にする人が少ないようだ。

昼過ぎ、鏡を覗いてみると、目の下の線が消えていた。ホッとする。そろそろアラ還の私だが、なるべくしわやしみとは仲良くしたくない。パリのマダムたちのようにはいかないまでも、いつまでも女性としてのたしなみは忘れないようにしたいと思っている。

秋 Tomber

パリ発

おいしい観覧車

土曜日の朝は少し遠出して、一六区にあるシャルキュトリへ、おいしいと評判のローストチキンを買いに行く。

シャルキュトリとは、食肉加工品の総称でその販売店も意味する。店内にはハムやソーセージ、テリーヌなどの肉のお総菜が所狭しと並べられていて、見ているだけでわくわくする。日本ではクリスマスや誕生日のご馳走のイメージがあるローストチキンだけれど、フランス人は日常的によく食べる。お腹に詰め物などはなく、一羽八ユーロ前後（約八〇〇円）と驚くほど安い。

メトロの駅を降りると、通りは香ばしい匂いで満ちあふれていた。店先で、長い鉄串に何羽も鶏を並べ、大きなロースターでくるくる回転させながらじっくりと飴色に焼いていく。そんな肉の観覧車から、じゅわじゅわと肉汁がオレンジ色の炎の上に落ちていく。子どものころ、縁日でふわふわの綿飴ができあがるのを見ていた時と同じように、列に並んで一部始終を見守る。

パリではずいぶんといろいろな食べ物に魅了される。それほど食いしん坊ではなかったはずなのに、フォアグラ、トリュフ、エスカルゴを堪能したい。

しかし、これらの料理をレストランで食べるとなると大変なのだ。ミシュランで紹介されているレストランのディナーなどは、恐ろしくて値段を直視できない。ビストロ（居酒屋）やブラッスリー（大衆的な居酒屋）は、ちょっと味にばらつきがあると聞く。

やはり、庶民の強い味方はシャルキュトリである。まず、自宅近くの一五区のお店を探した。店先の掃除が行き届いていて、本日のお奨めを試食させてくれる。運良く、店主の笑顔がチャーミングなお店を見つけた。そのお店は、なんとミシュランで星ひとつを獲得しているレストランに食材を卸しているという。うれしくなって毎日のように通った。

おかげで、豚肉のフォアグラ巻きやトリュフ入りのオムレツが、手頃な値段で買えた。スーパーでワインとチーズを調達すれば、我が家の食卓もなかなかのディナーになる。

ふいに、私の前に並んでいたマダムが振り向いて話しかけてきた。どうやら焼き上がったようだ。このランド地方産のローストチキンはかなりおいしいらしい。肉汁も忘れないようにたっぷり買った。肉汁をベースに、赤ワインと醤油の二種類のソースを作って食べ比べてみよう。

ほっかほっかの紙袋を抱え込み、メトロに乗った。車内においしい匂いが広がる。ふと見ると、同じ紙袋を持ったパリジャンたちが乗り合わせている。思わず笑い合ってしまった。「おいしいわよね、ここの鶏って」「そうそう、メトロに乗っても買いに行くよね」。目と目で会話する。

おいしい観覧車を見にまた出かけよう。食いしん坊のフランス人と一緒に。

どこがおいしい?

メトロを乗り継いで、パリの郊外に出る。

朝八時だというのに、夜明け前のように暗く寒い。街路樹のマロニエは、黄色く色づき始めている。

夫が入院している病院に急いでいると、マダムに呼び止められ、同じ病院への道を聞かれた。一緒に歩き出す。あれこれ話し掛けてくる彼女に適当に頷く。残念ながら私はフランス語が苦手だ。彼らは意外と人懐こい。

「おはよう、どう」「うん、もう痛くないよ」。病院に着くと、夫がぼんやりとベッドに座っていた。昨日、胆石の手術を受け、胆嚢を摘出したばかりだ。お腹には、オリオン星座のように四つの小さな穴の跡ができた。開腹手術も覚悟したが、無事に内視鏡手術で事なきを得た。フランスでは日本より内視鏡手術が広く普及している。

最初、主治医のパトリックは、胆石で苦しむ夫の顔色を見て首をかしげた。「日本人を診《み》るのは初めてなんだけど……黄疸が出てるのかどうかわかりにくいね」。つまり、もともと黄色い肌の日本人の黄疸は判断が難しいというのだ。私たちは大笑いしてしまった。ここは、異国の地なのである。

「ボン・ジュール」。朝食をカートに乗せてウエイターさんがやって来た。白いYシャツに黒い蝶ネクタイ。「ボナ・ペティ（召し上がれ）」。銀色のドーム型の蓋をさっと開ける。「ボン・ジョルネ（良い一日を）」。そう言って出て行った。一連の動作が美しい。テーブルの上には、クラッカーが数枚に水一杯。

フランス人は食事の時間を大切にする。夫がパリに赴任したばかりのころ、午前の会議が長引いたことがあった。ランチの時間を切り上げ、午後の会議を予定通り始めようとすると、猛抗議を受けた。「俺たちは奴隷じゃない」とガンガン責め立てられ、ランチの時間を確保して会議を遅らせる羽目に。

また、「おいしいレストランを教えて」などと聞くと大変なことになる。わらわらと集まって来て身振り手振りでお奨めのレストランを教えてくれる。そして、後日、「おいしかったでしょ?」と感想を大勢に聞かれる。彼らは食べ物の話になると、仕事そっちのけで夢中になってしまうらしい。

朝食後、ウエイターさんがやって来た。「サム・プレ（お気に召しましたか）」と聞いてくる彼に、夫は「セ・ボン（おいしかった）」と答える。クラッカー数枚に「セ・ボン」も何もないよなと思いつつ、颯爽と食器を引き上げていくウエイターさんの後ろ姿に感心した。

やれやれ明日は晴れて退院だ。職場復帰も近い。ドクターを始め、スタッフの皆さんに心から感謝したい。

退院祝いの祝杯をどこであげよう。近所の友人に聞いてみようか。それとも夫に会社で聞いてもらおうか。きっと、一生懸命シャンパンのおいしい店を教えてくれるに違いない。今から何だかとっても楽しみだ。

こがね色に輝くパリの街角で

「ユニクロ」パリ店が開店すると聞いて、オペラ座まで出かけた。オペラ座の正面向かって左側のビルらしい。長い間工事中だったけれど「ユニクロ」だったのね。『月刊マガジン』の発売日だから、ついでに本屋に寄って何冊か文庫本も仕入れてこよう。

パリは今、秋の入り口である。コンコルド広場からシャンゼリゼ大通りのマロニエの並木は、こがね色に輝き始めている。

若い女の子たちが、「ユニクロ」の紙袋をいくつも持って歩いてきた。佐藤可士和のデザインだ。今日は、オープン初日だから柳井社長に会えるかもしれない。秋物の部屋着がほしいな。日本並みに安いのかしら。わくわくしながらオペラ座の角を曲がった。すごい人。人、人、人。ビルをぐるっと行列が二重に囲んでいる。ブロンドの男性店員が行列をさばいている。「こちらで四〇分待ちでーす」とかフランス語で叫んでいるのだろうな。

諦《あきら》めて、隣のデパート「ギャラリー・ラファイエット」に向かった。あの行列に並ぶ根性は持ち合わせていない。デパートの屋上から、大盛況の様子を見下ろし、日本にいる友人にメールした。「なんでわざわざパリでユニクロに行ってんのよ」と即座に返信される。言われてみればその通りである。

「ユニクロ」はやって来たけれど、「パリ三越」は去って行く。デパート不況のせいなのか、とても残念だ。夫とパリに赴任したてのころ、日本語がしゃべりたくて、週に何度ものぞきに行った。フランス人の店員さんも、日本人より美しい日本語で応対してくれる。ほっとしたものだ。彼らもリストラされてしまうのだろうか。パリで商売をするのは本当に大変そうだ。

オペラ大通りを下って日本書籍専門店「ジュンク堂」に入った。入り口のガラスドアに、「捜し人」の大きなビラが貼ってある。フランス人であろう夫と並び、可愛らしい赤ちゃんを抱いた日本人女性の写真だ。その下に「連絡請う」とあって電話番号が書いてある。

実は、パリで行方不明になる日本人は多い。

こういうビラは、日本食の食料品店やレストランによく貼ってある。多くが娘や息子を捜し求める親の悲痛な叫びだ。大きな夢を持ってやって来て、パリという迷宮に迷い込み自分を見失ってしまったのかも知れない。

時々、夫の勤めている会社にも無鉄砲な日本の若者がやって来るという。「パリで働きたい、英語もフランス語も話せないけど」と平気で言うそうだ。夢を叶えようとするのなら、せめて足下だけは固めた方が良い。パリには魅力もあれば毒もある。

パリの毒にいっこうに当たる気配のない夫のために、『月刊マガジン』を買った。そう言えば、今日は菊正宗が飲みたいと言ってたっけ。酒の肴に、ほっけの干物も日本食のスーパーで買って帰るとしよう。
これが私たちのパリスタイルなのである。

パリの犬

白鳥の小径を歩いていると、バシャバシャと何者かがセーヌ川を泳いでいる。一匹の犬である。

白鳥の小径は、ビル・アケム橋からグルネル橋までのセーヌ川の中州に作られた散歩道で、観光客は少なく、地元の人の憩いの場になっている。グルネル橋の袂には小さめの自由の女神が立っている。

一泳ぎしてすっきりしたわんちゃんは、飼い主の元で盛大に水気を払った。大きなシェパードである。行き交う人たちも何だかうれしそう。いつもの光景なのだろう。シェパードは飼い主の後ろを悠々と歩いて行く。もちろん、リードはない。

パリの犬は、とてもお行儀が良い。メトロやカフェは犬連れでもＯＫだ。多くの犬がリードをつけていない。犬のしつけ教室でもあるのだろうか。街のあちこちで、生き生きしている彼らを見かける。

夫の会社には、犬連れで通勤してくる人が何人もいる。中には、オートバイで通勤してくる人もいて、足と足の間に大きなゴールデン・レトリーバーを挟んで来るらしい。そのバイクには、奥さんも後ろに乗せて出社するというからあっぱれである。共働きが基本のライフスタイルだから、どこへ行くのも一緒なのだ。ペットというより家族である。

マンションでも、日本と違って犬を飼うことが法律で保証されている。私の暮らすマンションにも多くの犬が暮らしている。いつだったか、数匹の大型犬が乗ったエレベーターに乗り合わせたことがある。奥に乗っていた小柄なマダムの飼い犬だったようだ。

日本では、リードなしの散歩はあり得ない。たちまち通報されるだろう。最近では、犬を屋外で飼っていると、敷地内であってもクレームがくるという。「臭い」「鳴き声がうるさい」ということのようだ。パリの犬のほうが、日本の犬より快適に暮らしているように見える。日本はちょっと窮屈かも知れない。

凱旋門の近くの公園には、昼過ぎになると多くの犬が散歩にやって来る。近所のお屋敷で暮らすボルゾイやスタンダード・プードルなどのセレブな犬たちだ。散歩させているのは飼い主ではなく使用人で、移民が多い。犬の散歩係は、彼らにとって貴重な就職先なのだそうだ。日本とは違うパリの事情である。

さて、パリの風物詩に犬の糞問題がある。未だに、パリには犬の糞が道端のあちこちに転がっている。私も何度も踏んづけそうになった。あんなに犬のしつけが行き届いているのに糞の始末には無頓着な人が多いなんて不思議である。糞を始末しないと約二万五千円の罰金が科せられるというのに。

「あーあ、犬が飼いたい」。パリにいると、無性に犬が飼いたくなるが、駐在員の妻の身では叶わぬ夢と諦めなければ。

行きつけのカフェやパン屋さんの看板犬を可愛がって、気持ちを紛らわせよう。

シャンパンで乾杯

十一月に入ると、パリはすっかり枯葉色に染まる。トレンチコートにマフラーを巻き、細身のジーンズで颯爽と歩くパリジェンヌとすれ違う。

夫を誘って、ランスへ出かけた。ランスは、パリ東北部のシャンパーニュ地方にある街で、東駅からTGV（高速列車）に乗ると四五分ほどで着く。それにしても、TGVの乗り心地は快適だ。揺れも少なく、音も静かにヨーロッパ大陸を進む。平板な土地のためトンネルもなくどこまでも景色が楽しめる。地震や台風に毎年のように苦しめられる日本の新幹線とは違って、自然災害のほとんどない国を走るTGV。やはり、日本人としては、苦労の多そうな新幹線を贔屓にしてしまう。

ランスには、シャンパーニュ・メゾンが何軒もあって、予約すればぶどう畑やカーブ（地下貯蔵庫）を見学できる。メゾンで、おいしいシャンパンを買いたい。来年金婚式を迎える夫の両親にプレゼントするつもりだ。

一軒目に、赤いラベルでお馴染みのパイパー・エドシックを見学した。ストレートの黒髪が美しい日本人女性が案内してくれた。カーブの中をトロッコに乗って進みながら、製造工程を説明してもらう。カーブの中はひんやりしている。ランスは、地上は都会、地下はカーブで穴だらけなのだそうだ。

ホールに面白い写真が飾られていた。映画監督の黒澤明氏が、ハリウッドスターやスティーブン・スピルバーグ監督らに囲まれて乾杯している。黒澤監督を称える会のようだ。エドシックは、カンヌ国際映画祭をサポートしている。映画界とは縁が深いのだろう。

次のメゾンは、ドン・ペリニヨンで有名なモエ・エ・シャンドンである。まず、駐車場で驚かされた。大型のベンツ、ロールスロイスなど見たこともないような車ばかりがずらりと並んでいる。世界のＶＩＰのために買い付けに来る業者もＶＩＰ級だ。

入り口でペリニヨン像に迎えられ見学コースを歩いた。最後に、いろいろなシャンパン（ドン・ペリ以外）を試飲させてもらった。夫はシャンパングラスを片手にとても楽しそう。味とお財布事情を吟味して二本買った。両親の喜ぶ顔を見るのが待ち遠しい。

パリに帰ったその日の夜遅く、電話が鳴った。夫の弟からだ。「お父さんが死んだ」という。一瞬「誰の？」と聞き返した。義父が、心臓発作で突然亡くなったのだ。私がパリに出かける前日、庭の松の剪定をするといって元気に足場を組んでいた。ヘビースモーカーにもかかわらず、健康診断できれいな肺だと褒《ほ》められたと威張っていたのに。信じられない思いで日本行きの飛行機に飛び乗った。

親は、いつまでも元気なものと思い込んでいた自分が情けない。義父の人懐っこい笑顔に、夫も私もどれほど励まされたことか。一緒に飲みたかったなあ。シャンパンを仏前に供えながら、義父の冥福を心から祈った。

冬
hiver

アラミスとフラゴナール

ドゴール空港に降り立つと、バラの香りがほのかにする。「あー、パリに着いたのだなあ」と実感する。

夫の駐在先であるパリに行くようになってから、香りに敏感になった。どこへ行っても香水の香りに包まれるからだ。空港、エレベーターの中、地下駐車場、メトロの車内など、とても良い香りがする。どうやら、建物そのものに日本の香をたきしめるように、香水で香りづけをしているらしい。

パリはもともと湿地帯で水はけが悪かった。そのため、開通当初のメトロはとてもどぶ臭かったそうだ。また、下水道が整備される前は、窓から汚物を捨てたり、道路脇の溝に流していたという。街中かなり臭かったのだ。香水をあっちこっちに振りまいて急場しのぎをしていた習慣が、今も残っているのだろう。

香水といえば、パリでは女性のみならず、自分の好みの香水をつけている男性も多い。

素肌につけるというよりは、Yシャツの胸につけてジャケットを羽織る。体臭を消しすぎず、香りとのバランスが良いらしい。香水をうまく着こなしている。心憎い。趣味の良い香りをさせた上品な紳士とエレベーターに乗り合わせると、年甲斐もなくドキドキする。

春先になると、香水の新製品のCMが一斉にテレビで流れ始める。パリの風物詩である。

男性と女性が見つめ合い、お互いの洋服を一枚ずつ脱がせあう。程《ほど》よいところでお互いに香水を振りかけ合い再びじっと見つめ合う。

といった何とも色っぽいCMが、次から次へと画面に溢れる。「ほれほれ、ちゃんと服着ないかんがね、まだまだ寒いんだでね」。テレビに向かって、毎回ツッコミを入れなければならない。幼いころからパリの子どもたちは、こんな艶めかしいCMを見て育つのだ。さすがアムールの国フランスである。

それにしても、自分の香りをおしゃれに演出するというのはとても難しい。特に、日本人はあまり得意ではない気がする。体臭に合っていなかったり、香りが強すぎたりすれば、かえって失礼になってしまう。

夫はパリに赴任する際、前任者にいろいろレクチャーを受けた。最も難しかったのは、やはり自分の香りを持つことだった。今まで香水なんてつけたことのなかった彼は、大いに頭を抱えた。急にパリ紳士になれと言われても無理な相談である。

結局、専門店で店員さんに選んでもらった。ところが、どれもこれも匂いがきつい。体臭が薄いせいか、香りすぎるのだ。悩んだ末、私の気に入った香水に決めた。夫にはアラミスを私にはフラゴナールを。

早速、今年のクリスマスパーティーには香水をつけて出席しよう。日本の冴えないオジサンとオバサンに、おしゃれな魔法をかけてくれるかも知れない。

サロン・ドュ・アグリキュール

「ねえねえ、今年のミスフランス牛はどこ出身かしら」「さあなあ、ノルマンディーだろう」などと、夫とおしゃべりしながら、「サロン・ドュ・アグリキュール」の初日に出かけた。初日には必ず大統領もやってくる。

農業大国フランスならではの農業見本市「サロン・ドュ・アグリキュール」は、毎年二月末から三月にかけてパリ一五区で一週間ほど開かれる。入場者は約七〇万人、いろいろな品種の家畜は、約三五〇〇頭。フランス全土からやってくる。この見本市のマスコットとして毎年一頭のミスフランス牛が選ばれるのだ。

すでに室内は人でごった返していた。さあ、まずはパビリオン1から。東京ドームの十倍くらいの広さに作られた巨大な農場は、テーマ別に七つのパビリオンに分かれている。

牛、羊、山羊、豚などが中心に展示されているパビリオン1は、とても臭い。足下には、干しわらがぎっしり敷き詰められ、彼らはいつものようにその中に用をたす。大きな牛糞をピンクのハイヒールでうっかり蹴飛ばしたマダムは、「オウラアラア」と大笑いしている。ちびっ子たちは、牛のお尻をペシペシたたいて喜んでいる。私も負けじと牛の角と角の間をなでさせてもらった。ベロリーンと舌で舐められてしまったが、係のおじさんが、唾液でべたべたになった私の手を丁寧に拭いてくれた。「いい唾液だろう、いい牛の証拠さ」と自慢しながら。

フランス人は、食べることが大好きだ。世界各国のおいしい物を貪欲にとりいれて、自分たちの食文化にしてしまう。だから、おいしい物を作り出すベースである農業を、とても大切にしている。なんと食料自給率は一二〇%に近いという。日本は、確か四〇%くらいではなかったか。

すっかり牛くさくなってしまったので、次は羊と山羊のコーナーへ向かった。ここでは、えさをやることもできる。お尻を向けてひしめきあっている羊たちに、「サバア（元気）？」と声をかけてみた。すると、一斉にこちらを振り向き、私が目をそらすまでじーっと見つめ続ける。しばらくにらめっこができる。ちびっこたちも日本のおばさんの真似を始めた。何だか、息子や娘が小さかったころを思い出す。

初日は、パビリオン1しか見て回れなかった。物産展の試食会にも行けなかった。全館を見学するには、まだ三日はかかりそうだ。はしゃぐ私に、夫はいささかうんざりしたようだ。仕方がない、一人で出かけることにしよう。なにしろパビリオン2は、ペットコーナーなのだ。馬の試乗会もドッグランもある。私の好きな秋田犬や柴犬も出場するらしい。最近、パリでは日本犬を飼う人が増えていると聞く。彼らはパリでどんな風に暮らしているのだろう。

では、明日はペット事情からも、この国の「強い農業」について学ぶことにしよう。

「テット・ド・モワンヌ」を探して

サロン・ドュ・アグリキュール（農業見本市）の二日目に出かけた。三月のパリはまだまだ底冷えがする。

今日は、犬の品評会とチーズの物産展を見に行く予定だ。義妹に「テット・ド・モワンヌ」というチーズをお土産に頼まれている。

パリで暮らす犬は幸せに見える。バゲットをかじりながら街を歩くおじさんも、全身ブランドのマダムも犬を連れている。デパートやカフェには犬を待たせておけるスペースがあり、メトロにもお咎《とが》めなしで乗れる。夫の会社のオフィスにも、飼い主の足下で一日をゆったり過ごす犬が何匹もいる。最近では、芝犬や秋田犬が人気らしく、品評会やドッグランにも多く出場していた。忠実で健気な性格が禅の精神に通じるというのだ。

そういえば、オルセー美術館の前で、ウィル・スミスに似たご主人様に、ゆうゆうと連れられている白い秋田犬を見たことがある。ドッグランで遊んでいる芝犬たちに、「元気?」などと日本語で話しかけていたら、昼過ぎになってしまった。いけないいけない、テット・ド・モワンヌを探しに行かなくちゃ。

義妹は私と違ってお酒が強いので、いろいろなワインにあうおいしいチーズにも詳しい。テットは「頭」、モワンヌは「修道士」という意味。スイスの修道院で誕生したチーズで、フランスでも定番だ。食べ方に特徴があって、専用の「ジロール」という削り器を使う。これに中心をさしてクルクルとハンドルを回転させると、ヒラヒラと花びらのように削ることができる。ねっとりとしたコクがあり、舌の上でじんわりと溶けていく。しかし、問題は「ジロール」なのだ。その台座は大理石でできている。つまり、とても高い。テット・ド・モワンヌしか削れないのに。きっと、本場の物産展ならプラスチック製の「庶民派ジロール」だってあるはずだ。

各国の物産展がひしめく中、ようやくスイスのブースに辿り着いた。法衣を着た修道士から、八〇〇グラム三〇〇〇円のテットを二個とジロールもセットで二個買った。ジロールは庶民派のプラスチック製だ。そして数日後、私は単身赴任中の夫をパリに残し、帰国した。「お姉さんおかえりー、チーズあったやあ?」と、元気に迎えてくれる義妹の喜ぶ顔を、楽しみにしながら。


あれから、何年経ったことだろう。義妹はもういない。去年、がんを患い四五歳の若さで亡くなってしまった。未だに、夫も私も彼女がいないことが信じられないでいる。「お姉さんがパリに行くと、良くないことが起こりそうでいやゃわあ」とちょっと心細そうに言っていたっけ。それでも彼女は、旦那様と二人で、義父や義母を気遣い、留守を守ってくれていたのだ。

もうすぐ、発注しておいたテットがパリから届く。義妹の人懐っこい笑顔を思いながら、花のように削ろう。彼女の一周忌のために。

冬のパリ

コンコルド広場に大型の観覧車がやって来ると、冬が来たなあと実感する。夏はチュイルリー公園にそびえている。ヨーロッパによく見られる移動観覧車である。ゴンドラに乗ると、パリの観光名所がぐるりと見渡せる。正面には凱旋門とそこから続くシャンゼリゼ大通りが広がり、振り向けばルーブル美術館やノートルダム大聖堂が遠くに見える。クリスマスシーズンには、シャンゼリゼ大通りも観覧車もシャンパンゴールドのイルミネーションでライトアップされる。

最近では、環境対策からＬＥＤのライトで青く彩られている。

どういうわけか、この観覧車はかなりの高速で回転する。素早く乗らないと、置いてきぼりになり、ドアもしっかり閉まらない。必死でしがみついていないとおちおち景色も楽しめない。ちょっと危険な乗り物なのだ。

「パリを上から見るならどこが一番いい？」

友人に聞かれて大いに迷う。パリはどこから見ても絵になる。時の権力者が考える。
に考えて作り上げた街だもの。そして、市民はその街を誇りに思って大切にしてい

凱旋門の屋上、エッフエル塔の展望台、ノートルダム大聖堂……。最も高い所を目指すなら、モンパルナスタワーの展望台がいい。パリの旧市街には、高層ビルがほとんどないため、この高層ビルはやたらと目立つ。リュクサンブール公園の西にその姿を見ると、ちょっとがっかりする。しかし、眺望は素晴らしく、エレベーターが地上五九階の展望台まで三八秒で連れて行ってくれる。その高速ぶりがなかなか怖い。

とはいっても、どこも有料で観光シーズンともなればばかなりの行列になる。エッフェル塔の足下まで行っては、何度諦めたことか。

私が一番好きな場所は、サクレ・クール寺院のあるモンマルトルの丘である。ここからは、パリの家々の屋根が見え、その下にある生活も感じられる。白亜の寺院を背に、多くの人たちと階段に座り、ぼんやり眺める夕日が最高で、知らず知らずのうちに涙ぐんでしまう。しかもただで、行列もない。映画『アメリ』の主人公の気分にも浸れるのでは。

一二月になると、シャンゼリゼ大通りの両側に、お菓子の家を思わせるマル

シェ・ド・ノエルがずらりと並ぶ。クリスマスの風景を閉じ込めたスノードームやキャンドルなどが売られ、寒さを忘れて見入ってしまう。冷えた体をヴァン・ショーで温めながらそぞろ歩く。ヴァン・ショーは、胡椒や砂糖で味付けられたホットワインのことで、気軽に紙コップで売っていてお店ごとに味が違う。日本の甘酒のようなものだろうか。

冬をパリですごすのも今年が最後になった。夫の駐在の任期も終わり、帰国する日も近い。早く帰りたいという気持ちとちょっと淋しいという気持ちと……。そして、パリで得難い経験をさせてくれた夫に、心から感謝している。

布団の気持ち

冬用の羽毛布団がいうことを聞いてくれない。押し入れにすんなりと納まってほしいのに。ふっくらしすぎて空間を独り占めしてしまう。仕方がない。独身時代に使っていたせんべい布団を捨てるしかないか。

四月にパリを出発して二カ月ほどの船旅を終え、日本に帰ってきた夫の羽毛布団の話である。パリに単身赴任することになった時、ちょっと張り切って買った。パリのマンションでは、洗濯物も布団も外に干すことができないと聞いたからだ。今ごろ私たちが暮らしたあの一九階の部屋は、新しい主を迎えていることだろう。

マンションの窓からの眺めは、見飽きることのない素晴らしさだった。はるか彼方には、五九階建てのモンパルナスタワーが見える。アンヴァリッド（軍事博物館）の黄金の屋根には手が届きそうだった。そこにはナポレオン一世が眠っている。第二次世界大戦の展示コーナーでは、昭和天皇の玉音放送が流れている。そして、エッフェル塔までは歩いて三〇分とかからない。家具も全て揃っている。その条件の良さに一も二もなく借りた。

コンシエルジュのミシェルも誠実だった。クロード・チアリによく似た彼は、フランス語しか話せない。最初は、夫に通訳してもらわないとどうにもならなかった。おかげでちょっとしたトラブルも多かったが、次第に、電子辞書片手に身振り手振りで話すへんてこりんな私のフランス語に耳を貸してくれた。ミッソーニのセーターしか着ないムシュー。

それにしても広い部屋だった。バスルームは物干し用のロープが長々と張れる。

リビングのソファもたっぷりと大きい。大トトロのお腹《なか》の上ってこんな感じかしらと思いつつ、ゆっくり昼寝ができた。食洗機もオーブンもとにかく大きい。ただ、家具や調度品がロココ調なのが気になった。絨毯も壁の絵も何だか高そう。傷でもつけたら大変なことになる。まさかの時の弁償代まで会社は負担してくれまい。私は、日本にいる時よりずーっと丁寧に掃除をする羽目になった。

中でも手こずったのはベッドメイキングだ。何しろベッドが大きい。「何これ、家族四人で寝れるがねえ」と、絶句したほどだ。日本から持ってきた布団を広げると、やっと三分の二をカバーできた。「すみません、力不足で」、申し訳なさそうな布団のぼやきが聞こえてきそう。しばらくは、布団に入る度に二人でゲラゲラ笑えた。ラグジュアリーなベッドに、サイズの合わない夫と私と日本の布団。

あれから何年も頑張って役目を終え、今、羽毛布団は我が家へ帰ってきた。ほんの少しパリの残り香を身にまとって。パリでは三分の二だったのに、我が家ではどの布団よりもふっくらして大きい。これからは、畳の上に堂々と陣取って、夫をぐっすりと休ませてくれることだろう。

エッフェル塔からの眺め。セーヌ川の中州に緑の「白鳥の小径」。左岸のマンションに我が家が。

映画『硫黄島からの手紙』を見に行ったオデオンの映画館。

ジャン・ギャバン似の店主が店番をしていた
クリニャンクールの蚤の市。

パリのデパート「ギャラリー・ラファイエット」の
天井まで届きそうなクリスマスツリー。

とろけるラクレットチーズを削りながら ▶
おいしそうに頬張る多くの家族連れ。

◀ モンマルトルのブドウ祭りの喧噪の中、
真っ赤な荷車をひいて配達をするマダム。

「白鳥の小径」。このみちを歩いて馴染みのマルシェに通った。

スフィンクスを思わせるオスカー・ワイルドの墓。全身を覆うファンのキスマーク。

◀「銃士戦隊フランス5」が撮影をしていたシャン・ド・マルス公園（エッフェル塔から）。

モンマルトルの丘にあるテルトル広場。
多くの画家が作品を売っている。

牛を見つめるおじいちゃんと孫。
サロン・ドゥ・アグリキュール（農業見本市）にて。

北のヴェニス」と呼ばれるパリ近郊の街アミアン。
ソンム川が静かに流れる。

パリの肉屋さんでよく見かけたくるくる回る
鶏肉のロースター。おいしい観覧車。

春、設楽町の実家の庭はツツジやサツキ、シャクナゲやオダマキが咲き乱れる。

設楽町《したらちょう》行き

春

寒い朝、コーヒーを淹《い》れながら

今年の冬は大変に寒い。朝は、ヒーターの前でしばらく温まらないとコーヒーも淹れられない。寒さの厳しい山里で育ったせいか夏の暑さには弱いが、冬の寒さには強かったはずなのに。

私は愛知県の設楽町《したらちょう》で生まれた。冬は、茶臼山《ちゃうすやま》高原スキー場や津具《つぐ》の天然スケートリンクで遊んだ。地元の子どもたちの多くは、スキーもスケートも達者である。小学校の冬の体育は、もっぱらスケートだった。昭和四〇年代は、ほとんどの者が自前のスケート靴を持っていた。男の子はスピードスケート用の靴、女の子は白いフィギユア用の靴ですいすい滑る。父の時代（戦後間もなく）は、下駄の歯をスケートの歯に付け替えて代用したそうだ。

とはいえ、毎回車で二時間はかかる津具まで出かけていくわけにはいかない。そこで、村のはずれにある日陰の田んぼをスケートリンクとして使っていた。

稲刈りが終わった後、村の大人たちが当番制で、数日をかけて夜中から明け方にかけて定期的に田んぼに水をまく。氷の表面を竹ぼうきで掃いて凹凸をならし、また水をまいていく。すると、氷は幾重もの層をなして固まっていき、シーズンには丈夫な天然リンクができあがる。

滑り初めの日には、村の人たちを招き、校長先生と全校生徒でお世話になったお礼を言ってから滑った。キャーキャーと歓声をあげて、勢いよく滑り回る子どもたちを、大人たちはにこにこしながら見守っていた。

私が育ったころ、小学校の全校生徒は四〇人ほどしかいなかった。同級生は七人。授業は複式で行われ、一学年上や一学年下の子どもたちと一緒に勉強をした。わからないことがあると、まずは上級生に聞き、「先生に聞きんよ」と面倒くさがられた。そのかわり、下級生にもわからないことをよく質問されて、説明に四苦八苦させられた。スケートの授業中は、六年生がよちよち滑りの一年生に手ほどきをし、五年生が上手な転び方などを二年生に教え、三、四年生はほったらかしだった。山の子どもたちは、そうやってお互いを鍛え、支え合っていたのかもしれない。

ある日の夕方、スケート中に中学生の女の子がころんで足を骨折した。当時、札幌オリンピックで大人気となったジャネット・リンを真似てジャンプの練習中だったらしい。真っ赤な顔をゆがめ、痛みをぐっとこらえる彼女の様子に十一歳の私も思わず歯を食いしばった。その場にいた大人たちが、軽トラックの荷台に布団を何枚も敷き、彼女を寝かせ、また何枚も布団をかぶせて市民病院に運んだ。救急車は、こんな田舎にはなかなか来てくれない。自分たちでなんとかするしかないのである。

寒い朝、淹れたてのコーヒーを飲みながら、子どものころをつらつらと思い出した。設楽町ですごした遠い日々を、自分のことばで綴りたい。それが私のこれからの夢である。

春一番がふいたら

今年も花粉症の季節がやってきた。今のところ、夫も私も日本では花粉症にならずに済んでいる。

パリに暮らしていたころは、マロニエの花粉によく悩まされた。マロニエの並木路を、鼻をすすりながら歩いていると、すれ違うパリマダムにギロッと睨まれたものだ。フランスでは、人前で鼻をすする行為は大変はしたないこととされている。みんなハンカチで上手に鼻をかみ、汚れた所を折りたたんでは繰り返し鼻をかんでいた。パリにはポケットティッシュなどという便利な物はない。私は、「メンソレータム」というスーッとする軟膏を鼻先にちょんちょんと塗って、もっぱら花粉の侵入を防ごうと努力した。

「メンソレータム」は、実家に今も常備している奈良の会社の置き薬の一つである。この他にも、手荒れによく効く白色ワセリンや、頭痛薬の「ケロリン」、頓服「一発」、熊の胆などが、薬箱にいつも入っている。実家は愛知県の北東部にある山里で、私が幼かった昭和四〇年代初めごろまでは、富山や奈良から薬屋さんが年に二回、電車やバスを乗り継いで行商に来ていた。木瓜《ぼけ》の花が咲き春一番がふいた後と、稲刈りが終わり農閑期に入ったころである。

当時、村では遠方から来る彼らをとても大事にしていた。家族みんなで出迎える家も多かったように思う。病院も薬局もないため、薬屋さんの豊富な知識と伝統のある置き薬を頼りにしていたのである。

彼らはしゃれた鳥打帽をかぶり、大きな紺色の風呂敷包みを背負って、いつも山道を黙々と上って来た。私は、その様子を庭の楠によじ登って見るのが好きで、おみやげの紙風船も楽しみだった。風呂敷包みの中は五段重ねの柳行李《やなぎこうり》で、座敷に一段一段広げられると、煎じ薬のにおいがつーんと鼻にしみた。五つ玉の算盤が彼らの膝に置かれて、商いが始まる。毎回、置き薬の中で使った分だけを支払い、必要な薬をまた新たに置いていってもらう。彼らが持っている懸場帳《かけばちょう》という大福帳のような顧客台帳には、我が家の大昔からの健康事情が綿々と記されている。そして、お茶で一休みしてもらい、祖父母と一緒にあちこちのおもしろい話を聞かせてもらった。

もうすぐ、奈良の薬屋さんが実家にやって来るころだ。今どきの彼らはタブレットを片手に、ライトバンに乗ってやって来る。一人暮らしの母は、今も私の家族の分も置き薬を用意してくれている。どうやら、タブレットの懸場帳には、結婚したばかりの娘夫婦の健康事情まで記されているらしい。

このところ、娘は水仕事のせいか手が荒れて仕方がないと言う。私の手をパリの乾燥と硬い水からも守ってくれた白色ワセリンの出番である。願いをこめて、白色ワセリンをたっぷりと彼女の両手に塗りこんだ。娘の手を、これからずっと守ってくれますように。

春の写生大会

杉や桧《ひのき》が芽吹き始め、村を取り囲む山々の輪郭がぼやけるころ、小学校の写生大会が行われた。全校児童は四〇人にも満たない。同級生は私を含めて七人である。よく晴れた一日、みんな大きな画板と小さなバケツ、写生道具を持って思い思いの場所に陣取った。村中に散らばった児童を、先生が順繰りに見て回る。首からひもで下げた画板に画用紙をおいて3Bの鉛筆で下書きをしていく。田んぼには、田植えを前に水が張られている。

「わしんたちの家をいい風に描いとくれんよ」。村の人たちが入れ替わり立ち替わり覗き込んでくる。ちょっと緊張する。小学校のイベントは村の人たちにとっても楽しみなのだ。

私は田んぼ越しに見える県道を左右に走らせ、その上に家並みを描いていった。鍛冶屋さん、床屋さん、万屋さんの前のバス停……。村のメインストリートを正面から描いた。夢中になって鉛筆を走らせていると、「おまえ勇気あるなあ」と上級生にからかわれた。小学校の玄関に飾られている校長先生が描いた絵と同じアングルだったからだろう。その絵に描かれている「村の春」が好きだったのだ。

村には、桃源郷のように美しくなる一瞬がある。冬の終わりを告げる水仙が地面を飾り、紅白の梅や艶やかな桃が山間に咲き、山吹色のレンギョウが枝垂れる。最近では、カメラを持った観光客もちらほらやって来るらしい。

お昼になると、その場でお弁当を食べる者もあれば家に帰って食べる者もいた。たんぽぽ摘みをしたい気持ちをぐっと抑えて、午後からはパレットに絵の具を広げて塗っていく。まず、ベースになる色を薄くさあーっと塗っていき、徐々に色を重ねていった。

お腹《なか》がいっぱいになったせいか、男の子たちはあっちこっちで遊び始める。何しろ、田んぼにはおたまじゃくしがウヨウヨ泳ぎ、田螺《たにし》もびっしりへばりついている。じっとしていられるはずがない。「田んぼにはまってかんぞー」。先生の大声が彼らを追い掛けて行く。

男の子たちが遊び呆けている間に、女の子たちは着々と絵を仕上げていった。あとは、学校に帰って先生に見てもらうだけだ。男の子たちは叱られながら居残りである。

数日後、学年ごとに町の大会に出品する絵が選ばれた。講堂に全校児童の絵をずらりと並べ、先生方が一枚一枚に感想を述べながら真剣に選んでいく。その様子を、子どもたちは窓から固唾をのんで見つめていた。町の大会で入賞することは、大変な名誉であるとみんな思っていたのだ。

あれから四〇年以上が経った。私が通った小学校は、過疎化が進み数年前に廃校になってしまった。あの時、誰の絵が選ばれたっけ。今年あたり、同窓会を開いて同級生たちに聞いてみよう。もう何十年も会っていない。村の小学校の思い出を語り合えるのは同級生の七人しかいないのだから。

圓明寺《えんみょうじ》のしだれ桜

一歳半になる孫の手を引いて、犬山にある圓明寺のしだれ桜を見に出かけた。大勢の花見客で賑わっている。

寒い日が続いたせいか、四月になってやっと満開のときを迎えた樹齢三〇〇年のしだれ桜。黒々としてごつごつした幹に、ピンクの羽衣をまとった天女がふわりと舞い降りている。日ごと男の子らしくなっていく孫は、足下に広がる玉砂利を一心に集めては、大事そうに差し出す。この子を義母にも見せてあげたかったな。

義母が心筋梗塞で倒れたのは夫が海外赴任中のときだった。夫と私が駆けつけると、多くの管につながれてベッドに横たわっていた。驚いたように夫の顔を見つめる。「心配せんでええわ、なんで帰ってきたや」。弱々しい声で強がる。夫の後ろから私が顔を出した途端、堰を切ったように彼女の目から大粒の涙がポロポロこぼれた。

義母は、いつも快く夫の赴任先へ私を送り出してくれた。義父が亡くなった後も、受け継いだ洋装店を一人で切り盛りして。しかし、本当は心細い思いをぐっとこらえていたのかも知れない。

それから、三年ほど闘病生活が続いた。長く患っていた糖尿病のための食事作りに、私は悪戦苦闘した。血糖値を下げないと心臓に重い負担がかかる。カロリー計算をした料理は、味が二の次になってしまう。「何食べてもおいしない」義母はふくれる。「そんなこと言ってかんがね。作ってくれる人に悪いでしょう」主治医が気を遣う。義母に嫁を貶《おとし》めようなどという気はさらさらない。裏表がなく、ただ正直なだけだ。

それでも、徐々にいろいろな数値が正常に向かい、たまのことなら、好物のおはぎを食べて良いと許可が出るまでに回復した。一泊なら温泉旅行にも行けるかしら。

そんなある日、彼女の顔が黄色く染まった。膵臓ガンだという。「頑張りましょうね」新しい主治医は繰り返し励ます。「今までずっと頑張ってきたで、まあ頑張りたない」義母は思いのたけをぶつけた。無理もない。戦時中に各務原《かがみはら》の飛行場の近くで少女時代をすごし、機銃掃射の中を赤ん坊の妹を抱えて走り抜けたと聞いている。十八歳で母親を亡くしてからは、三人の妹たちの親代わりだった。「お母さんのいいようにさせたげよう」。夫は本人の意思を汲んで、痛みを和らげる処置をしてもらい、積極的なガン治療は断った。

義母が八〇歳で亡くなって四年が過ぎた。最期は、息子に手を握られ眠るように。

飽きもせず、玉砂利で遊ぶ孫の小さな背中にしだれ桜の花びらがひらひらと舞い落ちる。今ごろ、義父と義母は、抹茶でも飲みながらおしゃべりに花を咲かせていることだろう。

「馨がおばあちゃんやと」

「大丈夫かやあ」
孫を抱き上げながら、懐かしい二人の笑い顔がふっと浮かんだ。

次はベストショットを

一歳半になる孫を連れて、近所にある交通児童遊園に出かけた。平日の午前中とあって三歳前後の未就園児で賑わっている。

孫は私を「ばあば」と呼ぶ。なんとか「おばあちゃん」と言えるよう特訓中だ。いつから「ばあば」が主流になったのかしら？　潔く「おばあちゃん」と呼ばれたい。

交通児童遊園は、園内に道路が整備されており、子どもたちが交通ルールを学べるようになっている。広い芝生には、滑り台やブランコなどの遊具もある。日ごと、男の子らしくなっていく孫のお気に入りは、かご型のブランコだ。スッポリ収まって安心できる。順番を待って勢いよく背中を押す。滑り台は緊張の連続だ。孫を抱えて階段をのぼり、一緒になって滑り降りる。キャッキャッとはしゃぐ孫の後ろで顔が引きつる。

婿の出張が多いため、娘と孫を何日か預かる機会が増えた。盆と正月くらいしか帰ってこないだろうと諦めていた。うれしい誤算だ。孫はかわいい。しかし、重い。ハイヒールをスニーカーに履き替え、ハンドバッグをリュックサックに持ち替えて子守りに励む。リュックサックの中は、オムツにおやつに水筒、数枚のガーゼのハンカチでごった返している。

外遊びに飽きて、室内のキッズルームで遊んでいると、サイレンが鳴った。すると、「震度6の地震が発生しました。貴重品だけ持って避難して下さい」と館内放送が入った。「えーっ」気が動転し、慌ててボールプールで泳いでいる孫を抱き寄せた。あれ、ちっとも揺れてない？

その日は、年に一度の春の避難訓練の日だったのだ。保育士さんの説明に心底ほっとした。指示に従い、若いママたちに紛れて隣の市民公園へ五分ほど歩いて避難を始めた。おばあちゃんは私だけである。

市民公園には、消防車が待機しており、子どもたちから大きな歓声があがった。孫も、消防車めがけて走って行く。私も走る。

消防車から颯爽と降りてきた消防士さんから、消火訓練を受けた。消火器のピンを抜き、子どもと一緒に火元に見立てた一斗缶に粉末の消火剤を噴射させる。みんなとても上手に火を消していく。いよいよ私と孫の番である。神妙な面持ちの孫を小脇に抱え、張り切って消火器を構えた。子守り疲れか年のせいか、足下がふらついて、危うく消防士さんを粉まみれにするところだった。

家に帰って、娘に避難訓練でいかに孫と私が頑張ったかを声高に話した。すると、「写真は?」という。しまった、せっかく携帯を持っていたのに。訓練に無我夢中でそんな余裕はなかった。次からはベストショットを逃さないようにしよう。

消防士さんに抱っこされて、恥ずかしそうだった孫。昼下がり、孫を寝かしつけながら、あのシーンもこのシーンもと、心の中のアルバムに一枚一枚貼っていった。

夏

木馬《きんま》引きを忘れるな

私はよく眠る。五〇歳を過ぎた今も変わらない。小学生のころは「寝ぼすけ」と呼ばれていた。母や祖母に「ちゃっと起きて、お茶湯《ちゃとう》せんと」と、怒られてどうにか起き上がる。

「お茶湯」とは、仏様にお茶をお供えすることで、毎朝の私の仕事だった。台所の土間に行くと、母がかまどからお釜を下しながら「ちゃっと御飯をよそいんよ」と言う。厚い木の蓋を両手で持ち上げると、炊きたての湯気がモワっと立ち上り、まつ毛が濡れた。御飯の真ん中にしゃもじを差し、仏様の器にちょんちょんとよそった。その後、母がお釜の壁と御飯の間にシャクシャクとしゃもじをいれ、家族の分をよそっていく。私は、半分寝たままお茶のお膳と御飯のお膳を供えに行く。

「まあちっと早く起きんか」と父や祖父に叱られながら家族の待つ朝御飯の卓袱《ちゃぶ》台《だい》につく。そこでやっと目が覚める。

私の通った小学校は、小高い山の麓にあり、私の家はその山の中腹にあった。

ある朝、いつものようにランドセルを背負って、いざ駆け下りようと外に出ると、「教室に飾りん」と、祖母にグラジオラスの大きな花束を無理やり持たされた。庭には、祖母が丹精したグラジオラスがあふれんばかりに咲いていた。花束を抱えて、駆け下りれば五分、上るときは二〇分はかかるジグザグの細い山道を急いだ。この道は、昔、木馬引きが作った道である。毎夏、道沿いには鉄砲ユリが咲き乱れる。

「木馬引き」とは、木馬と呼ばれる木のそりに山で切り出された材木を積んで林道まで運びおろす人たちのことを言う。私の村では、昭和三〇年ごろまで大勢働いていたらしい。その労働は大変苛酷で、急勾配の山の斜面に道を作り、はんき（横木）を敷いた上に、材木を山積みにした木馬を滑らせて人力で運ぶ。ブレーキは、てこ棒一本である。

これは亡くなった祖父から聞いた話だが、戦後まもなく、父の同級生の一人が幼い弟妹を養うため、高校進学を諦めて木馬引きになった。仕事を始めて半年が過ぎたころ、その事故は起こった。彼は、引いていた木馬の下敷きになってしまったのだ。即死だったそうだ。ブレーキのてこ棒が間に合わなかったのだ。町の高校に通っていた父は下宿先から駆けつけたものの、どうすることもできず、彼の亡骸を前にただ立ち尽くしたという。

「木馬引きを忘れるなよ」。父は、晩年白血病を患い、その病の床で私に繰り返しそう言っていた。「先人の苦労を忘れるな」と言いたかったのだと思う。一見、のんびり映る山のくらしは、厳しい事情に支えられているのだということも。

今年も、梅雨が明けたら山仕事にとりかかろうと思っている。無数の白い鉄砲ユリに縁取られた木馬引きの道を越え、山深く分け入る。父の言葉を胸にきざんで。

白いパラソル

三十年前の夏、白地にサクランボの柄の日傘を買った。春に生まれたばかりの長男をおんぶして出かけるのにとても重宝した。赤ん坊のしっとりした重みを背中に感じて、ぐんぐん歩いた。長女が生まれてからは、長女をおんぶしてお兄ちゃんの手を引いて、サクランボの日傘をさしてどこへでも出かけた。

そろそろ、新しい日傘に買い替えようか。

さすがに、サクランボが煤《すす》けてきた。昔ながらの白いパラソルはどうかしら。あの人がさしていたような素敵なパラソル。

白いパラソルがゆらゆら揺れながら山道を上って来たのは、今から五十年近く前のお盆のころだった。私の実家は小高い山の中腹にあり、道路沿いからしばらくくねくねと細い山道を上る。その時、五歳の私は庭の隅に花ござを敷いて犬のハチを相手におままごとの最中だった。お客様に吠えついたら大変だと思い、慌てて放し飼いのハチを押さえた。ハチはやさしいけれど、シェパードなのだ。

その人は、土間の手前で白いパラソルをたたみ、上り端で山道の土で汚れた白足袋を脱いだ。お供のおじさんを連れている。彼女は、透き通るような白い着物に茄子紺の帯をさっくりと締めていた。あれは絽の着物だったのだろう。そして、白く豊かな髪を巻くようにして結い上げていた。

「やっと、お礼のご挨拶にお伺いできました」と、彼女は畳に手をついて祖父母を前に深く頭を下げた。「いやいやたいしたこともしとらんで」「ようこんな山奥までお出でてくれてえ」と、祖父母はにこにこしながら盛んに照れている風だ。彼女は戦時中、親子で私の実家にしばらく疎開をしていたのだ。そのお礼を言いに、はるばる東京から愛知県のこの山里まで一日がかりで訪ねてきてくれたのだ。お供のおじさんは息子さんだった。東海道新幹線が開通するのを待ちかねて、早速乗ってやって来たのだと言う。

村では、戦時中、疎開者を受け入れる家が多かった。隣村の母の実家も何人か預かったらしい。そして、その多くが親戚でも知り合いでもない人たちで、誰かに頼まれて引き受けていたようだ。田舎に心強い親戚がある人なんて限られている。そんな蜘蛛の糸のような細い縁を頼りに、幼い子どもを連れて疎開をする若い母親たちが大勢いたのだ。どれほど心細かったことだろう。平和な時代しか知らない自分には想像もつかない。

昼下がり、懐かしい話や東京の話で楽しませてくれた二人は帰って行った。白いパラソルが山道を下って行くのを見送りながら、祖父がぼそっと言った。「立派になった息子を見せに来てくれただなあ」。

やっぱり、サクランボの日傘を大切に使っていこう。子どもたちの思い出がいっぱいつまっている。私は、平和のありがたさをかみしめながら、日傘ごしに真夏の青い空を見上げた。

セミの声が聞こえると

梅雨が明け、アブラゼミが網戸にしがみついて「ジリジリジリジリ」と鳴き始めた。今年の夏も暑くなりそうだ。

子どものころは、ミンミンゼミの「ミーンミンミンミーン」という鳴き声をよく聞いた。夕方になると、「カナカナカナカナ」とヒグラシが鳴いて、家に帰る時刻を教えてくれた。私が育った山里は、夏でも三〇度をこえる日は少なく、朝夕はそよそよと涼しい風がふく。

小学生のころ（昭和四〇年代後半）、夏休みは毎日、朝のラジオ体操に通った。ラジオ体操は、村の小さな公会堂で行われる。花祭（お釈迦様の誕生日）や、盆跳ね（精霊供養のための念仏踊り）もここで行われる。当番の六年生が、自宅からラジオを持ってきて、半分寝ぼけ眼のままみんなでタラタラ体操をする。そして、終わると出席カードに判を押してもらう。それは、サインペンの蓋に朱肉をつけて押した判だったり、拇印だったりした。

私の家は、小高い山の中腹にあった。公会堂までの道のりは遠く、いったん山を下り、人家もまばらな県道をくねくね歩いて三〇分ほどかかった。ラジオ体操そのものよりよっぽど運動量が多い。帰ってからの朝ごはんが、ことさらおいしかったことを覚えている。

同じ道筋をもう少し行ったところにある川の浅瀬が、夏のプールだった。夏休みの前には、子どもたちがけがをしないように村の大人たちが総出で川掃除を行う。そして、小学生は毎日のようにそこで泳いだ。私も五歳違いの妹を必ず連れて泳ぎに行った。時々、こっそり出かけようとしても、「お姉ちゃんどこ行くの?」と言って、いつのまにか私のスカートの端っこをぎゅっと握っている。連れて行くのはいいのだが、帰りが困る。妹はたいてい眠くなるのだ。

その日も目いっぱい川遊びをし、眠くてフラフラし始めた妹をおんぶして、ヒグラシが鳴き始めた県道を歩いていた。すると、私たちの横にスーッと白い車が寄って来て止まった。

キコキコキコッと窓が開いて、黒いサングラスをした男が「乗せてってあげるよ」と言う。

夕方なのに、サングラスをしているなんて怪しい。しかも、にやにやしながら標準語をしゃべっている。逃げようとしても足が動かなかった。「ドアが開いたら、さらわれる！」と思った瞬間、「ワワワワワワン」と大きな犬が車に吠えついた。飼い犬のポチである。ポチは子牛ほどもある黒毛の秋田犬だ。白い車は猛スピードで走り去って行った。私は、ポチのタンバリンのように太い首輪にしがみついたままへたりこんでしまった。危うく、背中から妹がずり落ちそうになった。

もしあの時、ポチが迎えにきてくれなかったら、私と妹はどうなっていただろう。本当に怖い。親やご先祖様やいろいろな力に、人は守られているのだなあと、セミの声が聞こえる季節になると思うのである。

寒狭川《かんさ》

初夏になると、故郷を流れる寒狭川には多くのアユ釣り客がやって来る。寒狭川は、設楽町段戸《だんと》山を水源に持つ豊川《とよがわ》の上流である。

その清らかな水質がおいしいアユとあまごを育てる。アユはほんのり瓜の香りがする。あまごはちょっと甘い。川にはやな場があって、釣れたての魚の新鮮な味が楽しめる。

子どものころ、川沿いを走る路線バスの車窓から、賑やかな寒狭川の様子をよく見かけたものだ。バスは一日四便。

朝は、中学生と高校生を乗せる早バスと保育園児を乗せる遅バス。夕方は、保育園児を乗せて帰る早バスと中学生と高校生を乗せて帰る遅バスがあった。大切な村民の足である。私が中学生のころは（昭和五〇年ごろ）、まだ車掌さんが乗っていて、切符切りのはさみをいつもカチャカチャ鳴らしていた。たいてい、ベテランの男性で、いつもの顔ぶれが揃うまで少し待ってくれたり、ぐずる保育園児をあやしてくれたりした。

ところが、ある朝、それまで見たこともないハンサムな若い車掌さんに変わっていた。すらりと背が高く、大きな瞳に長い睫《まつげ》が涼しげだ。高校を卒業したばかりの新人さんだ。女の子たちは大騒ぎである。少しでも彼の近くの席に座ろうとするものや、わざと定期券を忘れていそいそと彼に切符を切ってもらうものもいた。それまでのほのぼのムードから、ふわふわムードに車内は一変した。

彼には、双子の弟がいて日替わりで勤務していた。これがまた話題となり、「今日はお兄さんか弟か当てっこゲーム」が毎日行われた。私には見分けがつかなかった。

そんな心浮き立つ日々は長くは続かず、突然終わった。弟が亡くなったのだ。寒狭川に兄弟でアユ釣りに出かけ、弟が流れに足を取られたのだ。「ドボン」と音がしてお兄さんが振り向いた時、もう彼の姿はなかったそうだ。漁師さんが身につける胸まである長靴を履いていたのが災いし、浮き上がることができなかったという。彼はどこまで流されたのかなかなか見つからなかった。

その後しばらくは、お兄さんは車掌を続けていたが、うちひしがれたその姿にかけることばもなかった。涙ぐむ乗客もいた。そして間もなく、彼は車掌を辞めた。バス会社も退職したそうだ。弟を奪った寒狭川を、彼はどんな思いで見つめていたのだろう。

一年後、車掌制度はなくなり、運転手さんだけのワンマンカーになった。過疎化は進み、保育園も中学校も廃校になった。バス路線も廃止になって久しい。今は、予約制のマイクロバスが病院通いのお年寄りを乗せて、かつてのバス路線を走っている。それでも、村人にとって大切な足である。

自然は、人間に豊かな恵みをもたらしてくれる。しかし、人間のことなど何とも思っていない。時折、むごい仕打ちをすることを忘れてはならない。寒狭川を見る度にそう思う。

父とプリン

子どものころ、プリン・ア・ラ・モードが好きだった。デパートに連れて行ってもらうと、決まってレストランでねだった。

「デパートに行かんでもうちでプリンが作れるぞ」。ある日、父が手のひらサイズの小さな箱を差し出した。サクランボが添えられたプリンの写真の上に「プリンミクス」と書いてある。昭和三九年に発売されたばかりの「プリンの素」である。その夜、四歳だった私は箱を胸に抱いて寝たらしい。

翌日、母に箱の後に書いてある作り方を読んでもらいプリンを作った。甘い香りにワクワクしながら、湯飲み茶碗を型のかわりにして、水で溶いた素を慎重に注ぐ。そして、それを水屋の棚に並べた。何度も引き戸を開けて覗いては、固まるのを待った。しかしいつまで待ってもプリンは固まらない。作り方には「冷蔵庫で冷やすように」と書いてあった。困った。我が家には冷蔵庫がなかった。

夏でも三〇度をこえることのない山間部のせいか、昭和四〇年ごろ、私の暮らしていた地域では冷蔵庫のある家は珍しかった。井戸水や湧水ですいかやビールを冷やし、アイスクリームはもっぱら店先で食べた。それで夏の暑さを充分しのげたのだ。

「冷蔵庫でないと作れんに」。夕方、役所から帰った父に私は必死に訴えた。父は驚いて、「プリンの作り方」をしげしげと読む。「ほうかあ、冷蔵庫かあ」。そう呟きながら腕組みをした。

何日か経って冷蔵庫がやって来た。私の家は山の中腹にある。県道沿いにある駐車場から山道を一〇分ほど歩かなければならない。電器屋さんが、二人がかりで背負板《しょいた》に括り付けて背負い上げてくれた。冷蔵庫は今ほど大型ではなく、大人のおへそあたりの高さで、幅は五〇センチくらいだった。それでも担ぎ上げるのは容易ではない。交代しながら何分もかかって運んでくれた。

張り切って再挑戦して作ったプリンは、甘くとろりとしていてとてもおいしかった。「こんなしゃれたもん、生まれて初めて食べたわい」。明治生まれの祖父も大正生まれの祖母も喜んで食べてくれた。父は、それからも時々、「プリンミクス」を買ってきてくれた。私もだんだん腕を上げ、プリンの横に木いちごや無花果《いちじく》など山で採れる季節の果物をのせて家族で食べた。ちょっとした「山里風プリン・ア・ラ・モード」である。

あれから半世紀以上が経った。父が亡くなってからも二十六年が過ぎた。しかし、今でもスーパーで「プリンミクス」の小さな箱を見ると、ふっと懐かしい思いに駆られる。この箱を前に腕組みをしていた父。世の中に遅れをとるまい、幼い娘を喜ばせたい。冷蔵庫を買う決心をした若かりしころの父の思案顔が、忘れられない。

あの時の黄色い小さなプリンには、いろいろな思いが詰まっていたのである。

父の葬式

二十六年前の七月、父は病に倒れ、五八歳で亡くなった。陽炎《かげろう》が揺れる暑い日だった。

実家の設楽町で行われた葬式は四日を費やした。昔からのやり方をお年寄りに教えてもらいながら、村の人たちが取り仕切る。その間、農作業も勤めも休み、葬式に集中する。

まず、式次第と役目の割り振りを我が家に集まった男たちが決める。父の思い出話に花が咲いて、なかなか進まない。半紙に清書し、やっと貼り出した時には、日を跨《また》いでいた。

翌日から準備が始まった。棺桶は、大工仕事の得意な人に父の寸法を計ってもらい一日で仕上げてもらった。ところが、材質が薄く父に入ってもらうと底が抜けそうになる。出棺の折には、さらしを撚《よ》った紐で棺をぎゅっと結わえた。卒塔婆も手作りである。都会育ちの夫は、近所のお年寄りたちに「香炉の灰を作っとくれん」だの、「仏様が柔らかくなるといかんでドライアイスを買ってこにゃあ」だのと言われ、こき使われていた。

何より一番大変なのは、食事の世話である。坂の上にある公会堂に集まって、村のみんなに食べてもらう。女たちが一から作り、お膳で運ぶ。大釜で炊き、大鍋で煮て、大七輪で焼く。この時、ちょっとでも段取りが悪かったり、労を惜しむと、村の女としての評判が落ちてしまう。みんなの腕の見せ所だ。

電話のない公会堂、我が家とお坊さんの控え所になっている家、作業場になっている家などを伝令が定期的に回った。まだ携帯電話が普及しておらず、みんな家から出張っている。伝令が情報を集拾してくれないと混乱してしまう。それでも、あっちこっちの船頭が好き勝手を言うらしく、時々、葬式という船が丘に乗り上げそうになる。弱ったことに、たいていの村人はとても世話好きなのだ。

てんやわんやの中、どうにか葬式当日を迎えた。結婚した時に、父が誂《あつら》えてくれた喪服に初めて袖を通し、帯を締めた。背中を汗がつたう。父は女性の着物姿が好きだった。

仏間に行くと、だれが頼んだのか、お坊さんが九人もやってきた。「お布施が高くなりそうだなあ」などと心配しながら、朗々と流れるお経に聞き入った。それは心地よく、静かに体に浸みこんでくる。ああ、このお経に導かれて、父は逝ってしまうのだなあ。

寝不足のせいか、目頭を押さえている母の横で、私はお経を子守歌代わりに、うとうとしてしまった。葬式を無事に終わらせることばかりに気持ちが占領されてしまい、涙を流す余裕はなかった。「俺が死んだに悲しくないのかあ?」と、父の嘆く声が聞こえてきそう。父の死を悼み、涙が流れたのは、それから何日も経ってからだった。

村の人たちのおかげで、葬式は無事終わった。今も心から感謝している。くたくたになりながらも、多くを学び経験させてもらった。ひょっとして「葬式」は、逝く人が生きていく者へ残す最後の授業なのかも知れない。

秋

九月の夜

二〇〇一年にアメリカを襲った同時多発テロから、そろそろ十四年が経つ。一機の大型旅客機がニューヨークのマンハッタンにあるワールド・トレードセンターの北棟に激突した様子を、テレビのニュース番組が生放送で映し出した。

塾から帰ったばかりの中学生の娘と「新しいハリウッド映画の宣伝かなあ？」「事故かな？」などとスイッチを入れたばかりのテレビを前に話していた。すると、部屋でパソコンを見ていた高校生の息子が、叫びながら飛び出してきた。「テロだ!」。その直後、テレビの画面では舞いあがる噴煙の中、もう一機の旅客機が、今度は南棟に大きく旋回しながら突入していった。

「お父さん、今、どこだっけ?」私たちは、衝撃的な映像に呆然としつつも、大事なことを思い出した。夫はその二週間前からアルゼンチンに出張していた。帰りにニューヨーク支社にも寄る予定だ。冷蔵庫に貼ってある日程表には、十一日は移動中とある。今まさに、彼はニューヨークの空を飛んでいる。

息子に、インターネットで夫の乗った飛行機が、正常なルートを飛行しているかどうか調べてもらった。しかし、ネットの回線が混乱しているのかなかなか繋がらない。もしも、夫の乗った飛行機が乗っ取られテロに使われたとしたら。

おろおろする私に、パソコンの画面を睨んでいた息子が言った。「お父さんの乗った飛行機は長距離の国際線だよねえ」「そうだよ、アルゼンチンからだで」「じゃあ、テロリストとしてはさあ、リスクを最小限に考えるだろうで短距離の国内線をハイジャックしたんじゃないか?」私は彼の冷静な判断に驚いた。そのくせ「お父さんは絶対大丈夫だと思うよ、お父さんだから」と根拠のないことを言う。娘も隣で力強くうなずいている。子どもたちはお父さんを、ただひたすら信頼している。

心配する二人を休ませ、夫の書斎で連絡を待った。壁にもたれ膝を抱えて。出張に出かける日の朝、いつものように明るく「行ってらっしゃい」と言えたかしら。家庭をもったら、朝はどんなことがあっても機嫌よく家族を送り出すようにと、祖母に言われたっけ。そうすると家族も機嫌よく一日をすごせると。

「じりりりり」。電話のベルに私は飛びついた。「お父さんだけど、テロで空港が封鎖されたもんで、まだ空港ん中から出られえへんのだわ」夫の元気な声に体の緊張がほどけた。ベッドの中の子どもたちに「お父さん無事だったよお」と声をかけると、「やっぱり！」とほっとした顔で起きてきた。おもわず、三人で肩を抱き合った。

私は、あの九月の夜のことを今でも鮮明に覚えている。遠く離れていても家族の気持ちは一つだと、子どもたちに教えられた一夜だった。

大切な友人によせて

美容院を決めかねてそろそろ半年が経つ。

十年以上お世話になっていた行きつけの美容院が、しばらくのお休みに入ったからだ。

オーナー美容師の彼女の最後の仕事は、私の娘の結婚式のための私のヘアーセットだった。「行ってらっしゃいませ。幸せの涙は尽きないかもしれませんから」と、良い香りのするハンカチをプレゼントしてくれた。私より一〇歳若く、相手の気持ちに沿った心配りのできる彼女は、長年私の鏡の中の友人だった。

若いころは、他人に髪を触られるのが嫌いで、背中の中ほどまで伸ばし毛先を夫にカットしてもらっていた。天然パーマで、少々毛先がギザギザでもくるくると巻き毛になるので気にならなかった。パート先の税理士事務所では、大きなバレッタでひと束にまとめて仕事をした。先輩の女性職員に、夫に髪を切ってもらっていると話すと、「いいわねえ」と妙に羨ましがられ、夫を盛んにほめてくれた。

しかし、四〇歳を過ぎたころ、みるみる白髪が増えてきてシャンプーをすると洗面器が真っ黒になるほど髪が抜けだした。「お岩さんだあ」とふざけている場合ではない。美容院でバッサリ切ろう。

そして、店先がいつもきれいに掃き清められている彼女の店のドアを開けたのだ。最初、私が怖かったそうだ。厳しそうなおばさんに見えたらしい。彼女のそんな思いなど気にもとめず、私は希望を事細かく述べた。「全体の長さはベリーショートに、耳に髪をかけ、サイドは斜め後ろに向かってふっくら、トップは上に向かってふっくらさせて若々しく仕上げて下さい。昔はやったセシルカットみたいに」。我ながら厭な客である。そんな私に、逐一確認をしながら、彼女は丁寧にカットしてくれた。「いかがでしょう?」後ろから見れば、セシルに見えなくもない仕上がりに心底満足した。以来、絶大な信頼を寄せるようになったのだ。子どもたちの入学式や卒業式、パリに駐在していた夫のもとへ行く時、帰って来た時、そして娘の結婚式と、すべて彼女の手によって私の髪は整えられた。鏡を介してのおしゃべりも、とても楽しかった。

今、彼女は不妊治療に専念している。国からの補助金も年齢制限があるため、ラストチャンスだという。仕事中、流産したことでなかなか次の妊娠に恵まれずに悩んでいた。四〇歳を過ぎてからの決断は、夫婦で何年もかけて話し合いながらのことだったそうだ。明るい笑顔の奥にある深い苦しみを、私は少しもわかってあげられなかったのではないか。

いつか、納得のいく未来を手にして、彼女は再び美容師として戻ってくるだろう。それまでへんてこりんなヘアスタイルでも我慢しよう。私にとって彼女ほどの美容師は他にいない。鏡の中の友人に留まらず、本当の友人として二人で心から笑い合える日が早く来ますように。私はそう祈りながら待っている。

はちみつを食べながら

パリのオペラ座近くに「ラ・メゾン・デュ・ミエル（はちみつの家）」というはちみつ専門店がある。五〇種類以上のはちみつがあり、試食させてもらいながらゆっくり選べるのがうれしい。パリで暮らしていたころの夫と私のお気に入りのお店だ。

その「ラ・メゾン・デュ・ミエル」より品揃えが豊富なはちみつ専門店が、実は名古屋にある。松坂屋の地下にある「ラ・ベイユ（みつ蜂）」だ。娘と買い物をしていて偶然見つけた。日本のものから世界各地のものまで試食させてもらえ、丁寧な説明もしてくれる。娘と買い物に出ると、最後に必ず寄る。新婚の娘はトーストに合うはちみつを、私は紅茶に合うはちみつを買う。夫も私も、マグカップいっぱいの紅茶に大さじ一杯のはちみつを溶かして飲むのが好きだ。子どもたちが育ちざかりのころ、風邪のひき始めによく飲ませたものだ。のどのイガイガを和らげ、体が温まる。

「ラ・ベイユ」でコクのあるはちみつを口に含むと、なぜか「蜂の子ご飯」を思い出す。私の実家のある愛知県の設楽町では、昭和四〇年代ごろまで、秋の最高のもてなし料理として家庭でよく作られた。

蜂の子ご飯を炊くには、まず蜂をつかまえて蜂の巣を見つけなければならない。四十五年前のある日、東京からやって来るお客様のために、その準備が始まった。蜂が出そうな藪のあちこちに、鶏肉を仕掛けておいてえさを探しに来るのをじっと待つ。そして、蜂が鶏肉に集った瞬間を捕まえて一〇センチほどのひも状の綿を括りつける。えさを巣に運ぶ蜂を、綿を目印に四、五人の男たちが声を掛け合いながら一目散に追いかける。藪をかき分け崖から落ちそうになりながらどこまでも追いかける。そのハイテンションぶりは、少年もおじさんもちっとも変わらない。へぼ（蜂の子）追いは彼らをそれほど夢中にさせる。

首尾よく巣を見つけると、煙幕花火で蜂たちを燻り出し、そのすきに巣を丸ごと戴く。そして、幼虫を潰さないように一匹一匹ピンセットでつまみ出し、しょう油で味付けをしてご飯と一緒に炊く。味は、出汁巻き卵のような甘味があり、いくらのようにぷちぷちとした触感がたまらない……らしい。

ところが、東京からやって来たお客様は味見はおろか、箸さえもつけてくれなかったのである。祖父を始め、みんながっかりしてしまった。やはり見た目が良くないのだ。どう見ても、うじ虫ご飯にしか見えない。実は、私も食べたことは一度もない。食べ過ぎると鼻血が出るほど栄養満点なのだけれど。

今では、蜂の子ご飯も認知度が上がり、秋になると農協でワンパック五〇〇円で売り出すそうだ。開店と同時に売り切れるというから驚く。私は、「設楽町に生まれたからには、いつかは食べねばなるまい」と、「ラ・ベイユ」ではちみつを試食する度に思うのである。

参候祭《さんぞろまつり》　FOREVER　壱

参候祭は毎年十一月、私の故郷愛知県設楽町の津島神社で室町時代から行われている。稲刈りが終わり、村は祭りの準備に追われる。

「さんぞろ」とは、境内に一人ずつ登場する不動明王と七福神の面々が、神座《かんざ》（禰宜《ねぎ》）より、「何者にて候」と問われ、「それがしはだだら大黒天にて候」などと答えることから、その名がつけられたという。

祭りは当日の午後二時ごろ、千子《ちご》（稚児）が肩に担がれた台の上に乗せられて観音堂へ十一面観音を迎えに行くところから始まる。子どもたちはみんな晴れ着を着せられる。現在は、千子は村の十歳未満の女の子が務めているが、戦前は男の子の役目だった。何でも、やんちゃな子がいて台から真っ逆さまに落ちてしまい、縁起が悪いということになったらしい。千子は笛の音に合わせて舞を舞いながら、観音様を神社にお連れする。神様と仏様が一緒に並んで、祭りを楽しむという按配である。

同じころ、境内の隅では参詣者に振るまう甘酒やおはぎが、村の女衆によって手際よく作られていく。私の子どものころは、準備から本祭、祭りの後の宴の時まで、村中が集まって一緒にお膳を囲んで食事をしていた。その全てを、村の女衆が役目を決めて取り仕切っていた。娘のように若かった母が、お膳を小走りで運ぶ姿を覚えている。もうこの慣習はない。

深々と冷え込む夜八時ごろ、境内の真ん中に作られた大きな湯釜がぐらぐらと音をたてて煮えたぎり、それを見下ろすひと抱えはある松明に火が灯される。火の粉がぱちぱち爆ぜるなか、面をつけ剣と縄を持った不動明王が登場する。太鼓や笛の音と共に釜の周りを三回駆け巡り、神座に「何者にて候《そうろう》」と呼び止められ、その素性と現れた理由について問われる。このときの問答が、古いことばのためなかなか難しい。子どものころ、祖父にことばの意味をしつこく聞くと「だいたいわかっとりゃいいだよ、祭りごとは」と、よくたしなめられた。

問答の後、釜の前で舞い、大笹に浸した釜の湯を神々に捧げ、参詣者にも振りかけて暴れながら不動明王は退場していく。この湯を浴びないと風邪をひくと言われ、「おじさんこっちこっち」などと、不動明王に催促する子どももいる。次に七福神が恵比寿、毘沙門天、大黒天、弁財天、布袋、寿老人、福禄寿の順に現れる。各々の事情による独自の問答と個性豊かな舞を披露し、夜は更けていく。

祭りの各役は、もともとは世襲で口伝されていたが、過疎の村となった今ではそうもいかず、村の出身者が祭りのために帰省して役割分担している。毎年、「舞のキレが足りん」だの「問答の滑舌が悪い」などと、ギャラリーの厳しい批評を受けながら頑張っている。

そんな参候祭を東京のテレビスタジオで実演し、生放送するという思いがけない話が持ち上がったのは、昭和四五年ごろのことである。

参候祭　FOREVER　弐

昭和四五年ごろ、私の故郷愛知県設楽町の津島神社で行われる参候祭を、東京の民放テレビで実演披露し、生放送されることになった。

当初、村の人たちはNHKの人気番組「ふるさとの歌まつり」からのオファーだと思い込み、世話役たちは色めきだった。祖父もその一人だ。てっきり司会の宮田輝氏に会えるものと張り切ったらしい。当時この地方では独立したチャンネルはN

HKのみ、民放は混合で放送されていた。そのため民放の存在感は薄く、ちょっと拍子抜けとなってしまった。

そうは言っても、村の一大事とあって私たち小学生もあれこれ気を揉んだ。「果たしておじさんたちは、東京への行き方を知っているのか?」。最も心配したのは、「一番人気の大黒天は舞うことができるのか?」である。

参候祭は、不動明王と七福神が順々に境内に現れて、神座と問答を行い、舞を奉納し、湯立てを行う。神々には各々の事情があり、その問答と舞はとても個性的だ。

中でも、盛り上がるのは大黒天だ。毘沙門天の次に登場した大黒天に神座が問う。「ここへ何として御出《おい》でなされ候」。大黒天は「神楽あると聞き、身がゾンググリゾングリとして参って候」と答える。どうやら大黒天は、祭りに興奮して来てしまったらしい。神座が大黒天の持ち物について次々と聞いていく。問答の一つ一つに見物客が静かに聞き入る。もう何も持っていないとつっぱねる大黒天に、神座が尚もしつこく聞く。「いえ、あります。これは珍しきものをご持参で御座ります、ご披露ご披露」。しかし大黒天は、「これは見せてはならぬもの」と頑なに断る。押し問答の末、とうとう大黒天は「うちままよ、ぬめくらぼうの披露披露」と開き直るのである。

そしてそれを持って駆け回り、子孫繁栄を願ってエロテイックに舞い踊る。たちまち歓声とカメラのフラッシュが彼に降り注ぐ。

いよいよ、放送当日がやってきた。眠い目をこすりながら、深夜の生放送を一生懸命に見た。残念ながら大黒天の舞ではなかったが、村のおじさんたちは不動明王の舞をいつものように演じた。「あ〜よかった〜」。何だか心からほっとしたことを覚えている。

後日、祖父にテレビ出演の報告がてら、彼らが我が家に集まった。持参した地酒をぐびぐび飲みながら、テレビ局で見た女性タレントたちの話が始まった。「化粧が濃すぎてお化けみたいだったぞん」と言い、つけまつげの分厚さを身振り手振りで説明する。「よっぽど、うちの母ちゃんの方がけっこいと思ったなあ」などとうれしそうに言っている。おじさんたちの「東京の話」は夜更けまで尽きなかった。

現在は、ますます過疎化が進み、やむなく参候祭は規模を縮小中だ。村の出身者が帰省して神座や七福神となり、祭を心待ちにしている村の人たちのために頑張っている。「参候祭、FOREVER!」私はそう祈っている。

ようこそ瀬戸銀座通り商店街へ

尾張丘陵地を流れる矢田川の支流、瀬戸川を中心に広がるやきものの町、瀬戸に嫁いで三十年以上になる。

夫の実家は、瀬戸市内で一番の繁華街「銀座通り商店街」で長年洋装店を営んでいた。店舗とは別に、自宅はアーケードの入り口近くにあって、日々の買い物は近所でほぼ用が足り、こぬか雨くらいなら傘もいらない。

新婚ほやほやのころ、義母から言い渡される毎日のお使いが楽しかった。「魚銀さんであさりをとつぼ、肉屋さんで牛の赤身を二百ぐらい細かくしてもらってちょー」といった案配である。「今日の晩ご飯は、あさりの味噌汁に牛肉とゴボウの五目ご飯だな」と思い巡らせながら買い物に出かけた。五目ご飯は、手軽に栄養が摂れるとあってやきものの職人さんたちにとても重宝がられたそうだ。そのせいか、「五目ご飯の発祥の地は瀬戸である」と、多くの瀬戸市民は信じている。

買い物の途中、商店街の中程に差し掛かると、抹茶のいい香りにどうしても足が止まった。お茶の専門店お茶彦さんである。お茶を挽く電動石臼がクルクル回っている横で、よく冷えたグリーンティーを一杯一〇〇円で売っている。習い事に向かう子どもたちが、たむろしてごくごく喉を鳴らして飲んでいる。なんともうらやましい。しかし、我慢しなくちゃ。道草が見つかったら大変だ。「峯坂さんとこの嫁さん、お茶飲んでりゃーたにい」と、親切な誰かさんに告げ口されてしまう。

人家もまばらな山里(設楽町)で育った私にとって、商店街での生活は驚きの連続だった。一日中、町中がざわざわと賑やかで落ち着かない。寄ると触ると喫茶店でお茶を飲む。夜の九時ごろ、お店を閉めてから寄り合いやお付き合いが始まる。夜の九時と言えば、私の田舎では夜中である。

瀬戸は、古くからのやきものの町のせいか、商店街のたいていの家には抹茶茶碗があり、来客があると、気軽にお茶を点てて振る舞う。その茶碗は、家人が贔屓にしている窯元や作家の作品だ。夫の実家の茶箪笥にも、抹茶茶碗が無造作に積み重ねてあった。義母は、義父の好きな艶のない油揚げ色の黄瀬戸にお茶をよく立ててくれた。季節の和菓子を頬張りながら、おしゃべり名人の義父は、おもしろい話をたっぷり聞かせてくれた。

義父も義母も亡くなって久しい。営んでいた洋装店も廃業した。ここ数年、商店街はすっかりシャッター街になってしまった。

ところが今、空き店舗を活用して、若い陶芸家やクリエイターたちがアトリエを開くようになった。新しく生まれ変わろうとしている銀座通り商店街に、夫も私も期待している。一杯一〇〇円のお茶彦さんのグリーンティーを飲みながら、アトリエを冷やかして歩くなんてかなりおしゃれじゃないかしら。

瀬戸銀座通り商店街へ、ぜひお越し下さい。

あのころの瀬戸へ

夕食の天ぷらを揚げていると電話が鳴った。受話器を取ると、不動産屋さんが勢いよくしゃべり出した。「空き家になっているご実家をお売りになる気はありませんか?」

夫の実家は、名鉄瀬戸線の終点近くにある。せとものまち瀬戸にある銀座通り商店街の入り口あたり。四年前、義母が亡くなってから空き家のままだ。夫の秘密基地のようになっていて、売る気は全くなさそう。実家の隣やお向かいも、空き家になって久しい。瀬戸市も手をこまねいてばかりではない。数年前から、「空き家対策プロジェクト」を推し進めている。

昭和初期、瀬戸は「尾張の小江戸」と呼ばれていたらしい。月に二回の給料日には、やきものの職人さんで商店街は身動きが取れないほど賑わったという。当時、「宵越しの金はもたない」という気風があったそうで、エネルギッシュな街の様子がうかがえる。近郊の長久手や日進からも、大勢の買い物客が押し寄せたというから驚く。

しかし、良質な土を取り尽くしたせいか、後継者不足のせいか。いつしかせとものまちは、元気がなくなってしまい昔の面影を失いつつある。そして、商店街だけに限らず、次第に空き家が増えていった。

何かいいアイディアはないものか。たとえば、「抹茶を飲むなら瀬戸焼で」というイメージを作る。やきものの醍醐味を最もよく味わえるのは、抹茶茶碗ではないかと思う。市役所や瀬戸信用金庫で、会議や商談のおり、黄瀬戸や古瀬戸で抹茶を振る舞う。窯元巡りの観光客にも、味わってもらう。ひょっとして、インスタグラムで世界発信されて、海外からも「抹茶は瀬戸焼で飲むに限る」と認知してもらえるかもしれない。まちに活気が戻れば、自然に空き家は減っていくはず。

瀬戸焼で抹茶を出す専門店があってもいい。

これから観光へ行く人、観光を終えて瀬戸線で帰る人に一服してもらう。「尾張の小江戸」をイメージした昭和モダンな店構えにし、赤い毛氈を敷いたベンチをテラスに並べる。いろいろな器を棚に飾り、好みの一品を選んでもらいお茶を点てる。外国人観光客にも気軽に立ち寄ってもらえるように、スタッフには英会話のレッスンに励んでもらう。

問題は立地条件と人材だ。駅にも商店街にも近い店舗、生粋の瀬戸人で商店街にも知りあいの多い人……あ、うちの夫だ。条件にぴったりだ。実家を秘密基地にしておくより、よっぽど町のためになりそうだ。もしも、亡くなった義父や義母が元気だったなら、喜んで応援してくれるだろう。二人とも賑やかなことが好きだったから。

夫が帰ってきたら、早速話してみよう。笑い転げるか、呆れるか。案外その気になったらどうしよう。天ぷらを揚げながら、夢のような「空き家対策プロジェクト」の構想が、どんどんふくらんでいく。

冬

テレビの前で

二〇一六年夏、ブラジルのリオ・デジャネイロでオリンピックが始まった。

私が初めてオリンピックを見たのは、一九六四年の東京オリンピックだった。当時三歳だったのだから後付けの記憶かもしれないが、一〇月一〇日の開会式の翌日から、毎日毎日わくわくしながらカラーテレビの前で日本選手を応援した。「日本頑張れ」と大声で連呼したため、声がかれてしまった。そして、私のまわりにはその日の農作業を終えた村の人たちも何人か陣取っていた。

カラーテレビが、田舎にまで普及したのはいつのころからだろう。「東京オリンピックを見なかんでって、お父さんが買ってきただけど、えらい高かったにぃ」と、当時、母は言っていた。父は、家電と家具の好きな人で、新しいものが出るとすぐに買ってしまう。一人っ子で甘やかされて育ったところもあって、人にあまり相談をしない。事後報告の数々に、母はしょっちょう苦りきっていたように思う。

我が家にカラーテレビがやってきたことは、たちまちのうちに周りに知れ渡り、早速、様子を見に来る人もあった。「オリンピックには寄せてもらうでのん」とみんな何だかとても楽しそう。まだまだカラー放送は少なく、一九五九年の皇太子御成婚パレードも白黒放送だったという。東京オリンピックは世界中に発信するのだから断然カラー放送にちがいない。そこはＮＨＫも踏ん張るだろう。

が、その日、残念ながら開会式は白黒放送だった。私を含むギャラリーのおじさんやおばさんから「あれ?」と落胆の声がもれたが、すぐさま気持ちは高揚していき、颯爽と行進していく日本選手団に拍手をした。そして淡々と先頭を走り続けるアベベ選手や、体操マットの上で優雅に舞うチャスラフスカ選手に一生懸命声援を送った。

その年の大みそかの夜も、私は多くの村の人たちと一緒にカラーテレビを見ることになった。紅白歌合戦がとうとうカラーで放送されるというのだ。「ひばりちゃんを一緒に見まいね」などと、遊んでいる私に声をかけていくおばあさんもいた。

あのころ、美空ひばりは国民的スターだった。そして、オリンピックの時より大賑わいとなった茶の間で、いよいよ紅白歌合戦のカラー放送が始まった。三波春夫や美空ひばりの歌声にあわせて右へ左へ波のように揺れる大人たちの背中を、私は不思議な気持ちで見つめていた。

そう、子どもより大人たちのほうが、ずっとはしゃいでいるように見えたのだ。大変な時代を乗り越えて、戦後二十年あまりが経っていた。平和な日本。おじさんもおばさんも本当にうれしそうに笑っていた。

二〇二〇年、もう一度東京にオリンピックがやってくる。そのとき私は還暦をむかえている。日本で開催される平和の祭典を、テレビの前で、家族と一緒に思う存分楽しむつもりでいる。

冬の設楽町

朝晩が冷え込むようになると、おしどりがやって来る。設楽町を流れる寒狭川の夢が淵渓谷で越冬するのだ。「おしどりの里」として五十年以上も前から大切に保護されている。

ここには、マガモやヤマセミもやって来る。彼らを狙ってクマタカもやって来て、年に何羽か餌食になるらしい。野鳥の自然の姿を観察できる貴重な場所だ。観光客が、警戒心の強いおしどりのために作られたブルーシートで覆われた観察小屋からカメラを構える。その数は年々増えているそうだ。

おしどりの好物はどんぐりで、彼らの食事の時間に川面にばらまかれる。以前は川辺に巻いておいたのだが、猪がきれいに食べてしまったという。設楽町には、人の暮らしの直ぐそばでいろいろな野生の生き物がたくさましく暮らしている。

私が小学生のころ、どんぐりを集めて「おしどりの里」に持って行ったはずだが全く覚えていない。今も村の子どもたちは、おしどりのために秋になるとどんぐりをたくさん集めていることだろう。猪にとられる前に。

おしどりにとっては暖かい設楽町の冬も人にとっては大変寒い。昭和四〇年代ごろは、道路が凍って路線バスが運休することもあった。年に数回、大雪が降ることもあり、積もった雪で妹と小さなかまくらを作って遊んだ。

毎年、小学校の薪ストーブ用に祖父や父が斧を振るって山のように薪《まき》を割った。その薪を背負板に括り付け小学校まで運ぶのだ。給食のときには、先を争って薪ストーブの上でよく食パンを焼いた。こんがり焼けた食パンは、さくさくしてとても香ばしく冬のご馳走だ。しかし、薪は数年後にはコークスになり、私が卒業するころには石油ストーブになった。その上で食パンを焼いても、薪ほどおいしく焼けなかったような気がする。

そのころ家の暖房器具は掘炬燵《ほりごたつ》だけだった。家族六人であたると、かなり窮屈でぎゅうぎゅうである。炭火の暖かさは格別でついうとうとしてしまい、たまたま着ていた銘仙の着物の裾を焦がしたことがある。瞬く間に燃え上がり、土間に飛び下りて脱ぎ捨てた。母が若いころ自分で縫った大切な銘仙だったのに。お母さん、あの時は本当にごめんなさい。

進学のために故郷を後にしてから、もう何十年も経った。最近では、地球温暖化のせいか設楽町で大雪が降ることは滅多になくなった。薪や炭を使う家も数少ない。子供のころの思い出が、年を追うごとに自分の中で美化されていくのは何だか不思議である。

今年もそろそろおしどりが、寒狭川にやって来る季節だ。いったい何羽越冬に来るだろう。昔から、仲の良い夫婦は「おしどり夫婦」と言われる。この秋何とか珊瑚婚を迎えた夫と私。記念に、夫と二人で「おしどりの里」へ出かけることにしよう。

間もなく定年を迎える夫と、いつまでも一緒に歩いて行けますようにと願うつもりで。

愛車に乗って

そろそろ車を買い替えたほうが良さそうだ。トランクの蓋がちょっと浮いている。エンジンの調子も悪く、時々危険を知らせる赤ランプが点滅する。

十一年前、亡くなった義父の形見として我が家にやって来たマツダのデミオ。「お義姉さんの愛車にすればいいよ」と義妹が快く譲ってくれた。

威張って言えることではないが、私は車の運転にあまり自信がない。走れる場所も限られている。暮らしている瀬戸市内と、実家のある設楽町だけ。設楽町には、山肌を縫うようにくねくねと続く細い道が多い。ガードレールの向こうは崖だったりする。山から切り出した杉の丸太を満載しているダンプカーとすれ違う時はハラハラする。

ところが、名古屋の三越には車でなかなか行けない。道路が広すぎて車線変更するのがちょっと怖いのである。高速道路を走るのもなるべく避けたい。

それでも、義母が病に倒れてからは、彼女を乗せて病院通いに付き添ったりとあちこちへ出かけた。夫は海外赴任中、義妹も闘病中で頼れるのは自分だけだった。

義母はさっぱりした気性で、思慮深い人だったが、口で車を運転する困った癖があった。本人は免許を持っていない。生前の義父は、後部座席から運転に口出しをする彼女に根気よく答えていた。「お父さん、今の所を右に曲がりゃあ」「そんなせんでも真っ直ぐ行きゃあええんだわ」といった調子である。義母は、往年の女優京塚昌子に雰囲気が似ていてふっくらしていたせいか後部座席にゆったり座っていた。義父は、とんねるずの木梨憲武に横顔がそっくりだった。

そんな義母も、私の運転で出かけるようになってからは、口で運転することもなくなり後部座席にちんまりと座っていた。その神妙な様子は「馨さんにまかせるしかないのだ」と諦めているようにも見えた。

義母は、総合病院で複数の科にかかっていた。診察が終わるとお昼を過ぎる。二人で院内にあるレストランでおいしいと評判のオムライスをよく食べた。そんな時、義母は、オーダーしたジュースをストローでつついただけで「あんた飲みやあ」と言う。なぜ飲む気もないのに頼むのか不思議だった。

それは、私に好きなコーヒーを気兼ねなくオーダーさせるためだったのではないか。義母が飲み物を頼まなければ嫁の私が飲み物を頼むわけにはいかない。そう考えているだろう私への思いやりだったのだ。彼女の優しさを噛みしめながらコーヒーを飲んだ。

義母が亡くなって五年が過ぎた。彼女を乗せて走ったデミオとも別れの時がやって来た。

きれいに洗車して見送った。「バイバイ、デミオ。ありがとね」。相変わらず、運転に自信はないけれど、新しくやって来る愛車と仲良くやっていこうと思っている。

クリスマスに一冊の本を

久しぶりに栄の本屋さんに出かけた。孫へのクリスマスプレゼントに絵本を買いたい。自分が読みたい本もゆっくり探すつもりだ。

このところ、毎週楽しみにしているテレビ番組がある。Eテレで放送されている「100分de名著」だ。古今東西の名著の奥深さや新たな一面を、わかりやすく解説してくれる。この番組のおかげで、『枕草子』や『アンネの日記』をもう一度読む気になった。少女だったころの自分とアラ還となった今の自分とでは、受け止め方が驚くほど違う。本との出会いは、時空を越えて気持ちを豊かにしてくれる。

今月の名著は、スタニスワフ・レムの小説『ソラリス』だ。SFファンによる人気投票で一位に選ばれることも多く、ポーランドSF文学の最高傑作といわれている。一九七二年には旧ソビエトが映画化しており、『惑星ソラリス』の邦題で公開されている。

この映画を、高校生のころテレビで見たのだが、残念なことにさっぱりわからなかった。原作を読もうという気にもならなかった。ただ、惑星をおおうゼリーのような「ソラリスの海」だけが印象に残っている。

ところが、ロードショーで見た夫は、「面白かったよ」と言い、「本のほうがもっと面白いよ」としれっと言うのである。ちょっと悔しい。「100分de名著」で勉強して原作にも挑戦してみよう。

クリスマスを目前にした栄の本屋さんは、多くの人でとても賑わっていた。まず、孫へのクリスマスプレゼントを探しに絵本のコーナーへ。適用年齢別に本が並んでいてとても選びやすい。二歳になったばかりの孫のSくんは、どんな本に興味を持つだろう。やはり、色合いの鮮やかな五味太郎の『きんぎょがにげた』がいいかな。金魚鉢から逃げた金魚を、目をくりくりさせて探していく孫の姿が目に浮かぶ。子どもたちが幼稚園のころ、よく図書館で借りた懐かしい一冊でもある。

絵本を見ていると、時の経つのを忘れてしまい、あれもこれも買いたくなる。結局、違う作者のものを三冊買った。孫が気に入ってくれるといいのだが。

足もだいぶくたびれてきたところで、『ソラリス』を探しにSFコーナーへ向かう。思っていた以上に男性客ばかりだ。テレビで取り上げたせいか、『ソラリス』の翻訳本はうずたかく平積みされていた。手にとって読んでみる。最後まで読み切ることができるだろうか。ともあれハヤカワ文庫を一冊買った。そして、「一〇〇分de名著　ソラリス　一二月号」も買った。こういうテキストがないと、スムーズに理解できないような気がする。

『きんぎょがにげた』を孫といっしょに早く読みたい。そして、『ソラリス』を読み解いて夫とその面白さを共有したい。買ったばかりの本を胸に抱いて師走の街を歩いた。本がもたらす幸せを思いながら。

「かおる」と私

私が通っていた小学校では、文字が満足に書けるようになると担任の先生に日記を提出していた。今から四十年以上前の話である。

毎日、朝礼が終わると日記係がみんなの日記帳を集めて職員室へ運び、帰りの会までに先生が文末に赤ペンで感想を書いて返してくれた。この日記を親に毎日見せる子もいれば、先生と二人だけの秘密のように大事にしている子もいた。中には、「書くことのあった時しか書かへん」という横着者もいた。四方を山に囲まれ、同級生は七人、全校生徒も四〇人に満たない。規模の小さな小学校に、のんびりした時間が流れていた。

私はこの日記に、三年生くらいから詩を書くようになった。たとえばこんな詩である。

ふけない鼻水

寒い帰り道　鼻水がずるずる止まらない
ポケットにはハンカチ
『りぼん』の付録でもらったピンクのハンカチ　鼻水なんかふくもんか
家までの山道　上を向いてぐんぐん上る
「お母さんただいま」
ぐいっとふいた
お母さんのかっぽう着のお腹に鼻水のしみ

こんな塩梅《あんばい》の詩に、先生はある時は大きな花丸と丁寧な感想を、ある時は判子だけを素っ気なく押してくれた。

そして、小学校六年生の時、書きためた詩を選り集めて、どういうわけか私の詩集を学校で出すことになった。当時の校長先生が「作文教育」に熱心だったのだろう。担任と私はすっかりその気になってしまった。パソコンもコピーもない時代。私は鉄筆をカリカリいわせながらガリ版の原稿書きに励んだ。同級生たちは「なんでおまえのへったくそな詩を俺んたちが刷らないかんのだあ」とぶーぶー文句を言いながらも、一生懸命ガリ版を刷ってくれた。全校生徒や各校の先生方にも配ることになり、かなりの部数になった。卒業文集も同時期に編集していたのだから、同級生には本当に迷惑をかけてしまった。詩集には、平仮名で「かおる」と書名を付けた。

果たして評判はどうだったのだろう?ある日、公務員をしていた父が「役所に、知らん校長がこれ持って来たぞ」と言って、カルピスの詰め合わせセットを抱えて帰って来たことがあった。よその小学校の校長先生が、詩集をほめてくださってご褒美をくれたらしい。顛末を話す父のにこにこ顔を、私は忘れない。

ところが、「かおる」は私の手元に一冊も残っていない。蔵を取り壊したり、引っ越したり、結婚したりでなくしてしまった。

今、私は趣味でエッセイを書いている。子どものころの思い出を書くことも多い。あの詩集があったなら。

心の中の「かおる」のページを開いては、小学生の私に会いに行き、おしゃべりに花を咲かせつつ、次回作の構想を練っている。

峯坂《みねざか》のはなし

小学校を卒業するまで、峯坂と呼ばれる山の一軒家に家族で暮らしていた。明治時代に先祖が建てた家は、柱は太く梁には煤が染み込んでいた。実家は兼業農家を営んでいた。

家の庭先に立って東を向くと、向かいの山の中腹に友達の家が見えた。お母さんだろうか、洗濯物を干している姿が小さく見える。この友達と遊ぼうと思うと、いったん山を下り、県道を三〇分ほどてくてく歩き、また山道をしばらく上らなければならない。見えるけれど彼女の家は遠い。

戦前、峯坂には何軒も家があった。近隣の村々を結ぶ要衝で、商人の往来も賑やかだったそうだ。実家の庭は、丁度その通り道だった。長い縁台があって、旅の人に一休みしてもらったらしい。お茶を飲みながら、見晴らしの良い景色を楽しむ姿が目に浮かぶ。

戦後、県道が整備され車の時代になり、山から山への街道は廃れていった。一軒また一軒と引っ越していき、昭和四〇年ごろには、とうとう我が家だけになってしまった。先祖から受け継いだ山や農地から、容易に離れるわけにいかなかったのだ。山そんな家の一人息子として生まれた父は、独身のころ、豚を数匹飼い始めた。山で養豚場を経営するつもりだったらしいが、ほんの数年で断念した。駐車場まで山道を一〇分も下らなければならない立地では、とても無理である。廃れるばかりの峯坂を何とかしたいと、父なりにもがいていたのだろうか。その他にも、農耕用の牛や山羊、鶏数羽も飼っていた。家畜の世話に追われる結婚したばかりの若い両親の毎日を思うと、頭が下がる。

その後、父は農業改良普及員（県の公務員）となり、家族を養ってくれた。

母が嫁いで来る少し前（昭和三〇年ごろ）、実家の庭に毎朝のように長い行列ができた。仕事を求めて近隣から人が歩いてやって来たのだ。まだ戦争の影響が色濃く残り、人々の生活を苦しめていた。頼まれると断われない性分の祖父は、日払いで田植えや稲刈り、下刈りなどをお願いしたという。

妹が中学生のころ、隣村の友人の家に遊びに行った際「昔、あんたの家には世話になった」と彼女の祖父母に礼を言われた。何のことかわからずキョトンとしていると、峯坂の家で仕事をした話をしてくれたそうだ。

昭和四八年の春、県道沿いに父が建てた家に引っ越した。山を上り下りしなくてもどこへでも行ける。その便利さに感動したものだ。

今、峯坂への道はけもの道になっている。ブランコが梁《はり》からぶら下がっていた広い土間には、大きな木が生え屋根を突き抜けている。多くの人たちが行き交った庭には、杉が迫り、家は山に返ろうとしている。そして、数年前、地図から「峯坂」の文字も消えた。

夢を見ると、今でも峯坂で過ごした日々が鮮やかに蘇る。私の原点がそこにあるからだろう。

おわりに

この本を最後まで読んで下さってありがとうございました。「パリ暮らし始まる」からスタートしたエッセイの旅は、やっと「峯坂のはなし」にたどり着きました。故郷である設楽町を書くために、パリを書き続けたのかも知れません。

これからも、いろいろなことに興味を持ってエッセイを書いていきたいと思います。

出版に際し、ご指導下さいましたエッセイストの内藤洋子先生、風媒社の劉永昇編集長に心から感謝いたします。

［著者略歴］
峯坂　馨（みねざか・かおる）
昭和35年生まれ。愛知県北設楽郡設楽町出身。瀬戸市在住。間もなく定年を迎える夫と老後のライフプランをいろいろと模索中。

装幀◎三矢千穂

おいしい観覧車　パリ発 設楽町行き

2018年12月20日　第1刷発行　（定価はカバーに表示してあります）

著　者　　峯坂　馨

発行者　　山口　章

発行所　名古屋市中区大須1-16-29
振替 00880-5-5616 電話 052-218-7808
http://www.fubaisha.com/
風媒社

＊印刷・製本／モリモト印刷
乱丁本・落丁本はお取り替えいたします。
ISBN978-4-8331-5358-4